AF383011

LE BRUIT DE L'HERBE

Ou comment j'ai planté ma vie.

DU MÊME AUTEUR

Hoérra, La horde de la quintessence, Édition Independently published, 2024.

Hoérra, Les êtres élémentaux, Édition Independently published, 2024.

Hoérra, Jusqu'à la fin, Édition Independently published, 2024.

Théophile et le secret des secrets, section jeunesse, Édition Independently published, 2024.

L'histoire de Mermoude et Jean-Pierre, section jeunesse, Édition Independently published, 2024.

Chut ! La licorne lit ! section jeunesse, Édition Independently published, 2024.

NATACHA BAUSSAN

LE BRUIT DE L'HERBE

Ou comment j'ai planté ma vie.

Roman

ISBN : **978-2-3226-6157-2**

Avec du cœur, tout est possible.
Sarah Hébert.

Chapitre 1

— Je te préviens, Agathe, si tu n'ouvres pas dans la seconde, on force la porte !

J'entends distinctement la voix de Nala.

Je perçois son inquiétude et j'aimerais lui dire que tout va bien, qu'il ne sera pas nécessaire d'enfoncer cette porte, que je vais me relever, m'extirper de l'endroit où je me trouve, qu'il ne faut pas se faire de souci pour moi.

Mais je n'y arrive pas.

Ma détermination est loin d'être remise en question, mais pour une raison mystérieuse, mon corps refuse catégoriquement d'obéir aux ordres de mon esprit.

Il semble sourd à toutes les instructions que je lui transmets.

— Agathe, s'il te plaît ! Nous sommes allés chercher Mathias et Julia. Si tu ne réponds pas, ils vont défoncer la porte.

Non, surtout pas ! Je me trouve juste derrière ! Si vous faites ça, je vais me prendre violemment la porte dans le dos et je vais me fracasser le visage sur les WC !

Mais même ça, je n'arrive pas à le dire. Pourquoi mon corps ne réagit-il pas à mes injonctions mentales ?

Pourtant, j'étais simplement censée aller aux toilettes.

Je venais de terminer le dossier d'entrée de madame Corneau et j'avais besoin de prendre un peu l'air face à l'agressivité de son mari qui ne comprenait pas pourquoi sa femme de quatre-vingt-quinze ans était encore hospitalisée.

Il avait passé quinze bonnes minutes à me dire que l'hôpital était devenu un véritable mouroir, rempli de personnels plus incompétents les uns que les autres et qu'il était scandaleux que sa tendre épouse paie les frais de l'impéritie notoire de notre système de santé. Il avait même terminé son pitch haineux en m'affirmant qu'il avait cotisé à la Sécurité sociale toute sa vie et que, par conséquent, sa femme devait être traitée en priorité et surtout soignée par les meilleurs.

J'avais eu envie de lui répondre : "Monsieur en veut pour son argent !".

Mais, à chaque fois qu'une telle scène se produisait, je faisais, comme mes collègues d'ailleurs, le dos rond, le regard empathique (mais pas trop) et, dès que je pouvais en placer une, je revenais au dossier.

— Nala, je vais aux toilettes.

Ma collègue, qui avait observé la scène de loin, avait hoché la tête d'un air compatissant.

J'aurais préféré aller dehors pour respirer un peu d'air frais, mais ce n'était pas encore le temps de la pause. Ma seule échappatoire avait été les WC… peu glorieux !

Je n'avais pas eu l'impression que monsieur Corneau avait été plus agressif qu'un autre, et je pouvais comprendre son angoisse face à cette situation, car il savait qu'il était en train de perdre sa femme. À quatre-vingt-quinze ans, comme disait mon grand-père : " Y'en a plus derrière que devant", et chaque visite à l'hôpital pouvait être la dernière.

Je comprenais ces gens qui étaient tellement pétris de peur qu'ils préféraient rejeter la faute sur une tierce personne. Dans ces moments, ils étaient incapables de dire, et encore moins d'entendre, que c'était la vie et que la mort était une fin inéluctable.

Arrivée devant les lavabos, sans que je perçoive une raison précise, j'avais senti les larmes monter.

J'avais pris un mouchoir pour éviter que les quelques gouttes ruinent mon maquillage, mais plus je les essuyais, plus elles coulaient.

De gros sanglots s'étaient mis à gronder de ma gorge pour éclater par ma bouche déformée par la tristesse.

Je regardais mon reflet secoué de spasmes.

Mes cheveux blonds collaient sur mes joues trempées et mes yeux bleu clair étaient rouge écarlate.

Je ne comprenais rien à ce qui était en train de se passer. Je pleurais à chaudes larmes comme si je venais de recevoir l'annonce la plus tragique de ma vie, alors que j'avais pleinement conscience que je n'en avais aucune envie.

J'avais l'impression d'observer quelqu'un d'autre.

Des bruits de pas se dirigeant vers moi m'avaient forcée à me cacher dans une cabine de toilettes. Il était hors de question qu'un collègue me découvre dans cet état. Je voulais maintenir une apparence professionnelle et, surtout, je n'aurais pas su lui expliquer ce qui se passait.

Une fois le verrou actionné, j'avais glissé le long de la porte et, là, les fesses posées sur un sol froid et à l'hygiène douteuse, j'avais éclaté, je ne contrôlais plus rien. Je m'entendais geindre, pleurer, hoqueter sans que mon cerveau n'ait donné aucun de ces ordres. Mon corps était devenu indépendant de mon esprit !

Je n'arrêtais pas de penser : " Ressaisis-toi, tu fais n'importe quoi ! Relève-toi et extirpe ton cul de cette mélasse de miasmes. C'est ridicule et dégueulasse. "

Mais plus je me disais ça et plus mes sanglots redoublaient.

Je me souviens m'être demandé combien de temps j'allais rester coincée dans cette situation absurde avant de réussir à reprendre le contrôle lorsque la voix soucieuse de Nala avait retenti :

— Agathe ? Tout va bien ? Ça fait une bonne demi-heure que tu es partie.

Trente minutes ? La gestion du temps m'avait totalement échappé.

J'allais lui répondre : "Oui, oui, t'inquiète ! Petit coup de mou, j'arrive tout de suite."

Mais aucun mot n'était parvenu à s'extirper de ma gorge qui n'émettait que des sons sourds et rauques.

J'avais tout tenté pour lui parler, car j'avais conscience qu'une telle attitude ne pouvait que faire paniquer ma collègue.

Et ça n'avait pas raté : Nala était revenue avec deux pompiers.

Malgré toutes les sommations à déverrouiller la porte et le sentiment de honte totale qui m'envahissait un peu plus chaque seconde, j'étais incapable de reprendre le contrôle de mon corps qui s'obstinait à croupir sur un sol couvert d'urine et à déverser bruyamment des litres de larmes et de mucus.

— Protège-toi, on ouvre !

C'est la dernière chose dont je me souviens.

Ensuite, trou noir absolu.

Et lorsque j'ai rouvert les yeux, j'étais toujours au travail, mais côté patients.

Chapitre 2

Allongée dans un lit, je ressens une vive douleur au visage et au cou.

Je n'ai pas le temps de réfléchir que déjà, une aide-soignante (que je ne connais pas : ouf !) entre dans ma chambre :

— Ah ! Te voilà réveillée ! Je vais prévenir le Docteur.

— C'est qui aujourd'hui ?

— Duval.

Duval ?

C'est un psy.

Ils m'ont placée en psychiatrie !

Parce que je me suis mise à chialer dans les chiottes, je finis en psy ?

C'est eux les tarés !

Tout le monde a un coup de mou de temps à autre, faut se détendre ! Il va m'entendre, le Duval.

— Madame Pule ! Comment vous sentez-vous ? Souhaitez-vous des antidouleurs pour votre visage ?

— Mon visage ?

Dépitée par cette question, j'observe le docteur Duval se diriger vers la salle de bain et en sortir avec un miroir de poche.

— Voyez par vous-même.

C'est quoi, ce bordel ? Je suis déformée. J'ai l'impression d'être passée sous un camion.

— Vous souvenez-vous de quelque chose, madame Pule ?

Sous le choc de mon reflet, je ne comprends même pas ce que me dit le médecin.

— Savez-vous qui vous fait ça ?

Comment ça, "qui" ?

La dernière chose dont je me rappelle, c'est le sol froid des toilettes…

Mais oui, bien sûr ! J'étais assise par terre quand les pompiers ont enfoncé la porte. Ma tête a dû heurter les bords de la céramique !

Le docteur tire une chaise et s'installe près de moi, l'œil rempli de compassion.

— Vous savez, Agathe… Je peux vous appeler par votre prénom ? Nous sommes collègues, après tout.

Elle est bien bonne, celle-là ! C'est typiquement le genre de médecin qui ne calcule jamais les secrétaires médicales, à part pour leur aboyer des ordres sans même les regarder. Et là, on est "collègues" ? La blague !

Comme je ne réponds rien, il poursuit, prenant mon silence pour un consentement.

— Vous savez, Agathe, les agressions sur le lieu de travail sont plus fréquentes qu'on peut le croire, et encore plus dans nos métiers ! Les gens sont à bout de nerfs et vous étiez simplement au mauvais endroit au mauvais moment. Mais ce n'est pas une raison pour laisser en liberté la personne qui vous a infligé de telles blessures ! Face à un choc, il faut parler au plus vite. Je suis là pour vous. Racontez-moi ce qui s'est passé.

— Vous pensez que j'ai été agressée ?

— Non, je ne pense rien. C'est un fait. Votre collègue, Nala, vous a cherchée pendant plus de trente minutes avant de vous retrouver enfermée dans une cabine de toilettes, en larmes. Vous étiez en état de choc et ne répondiez pas aux sollicitations. Alors, les pompiers sont venus vous secourir. Mais, une fois la porte ouverte, ils ont découvert que vous aviez perdu connaissance. Dans la précipitation, ils n'ont pas vu vos blessures ; ce n'est qu'au bout de quelques minutes qu'ils ont réalisé l'ampleur de la situation. C'est pour cela que vous êtes hospitalisée. Vos contusions sont superficielles et vous n'aurez aucun stigmate de l'incident. Et mon rôle est de m'assurer qu'il en va de même pour le psychique.

Je n'ose même plus regarder le médecin en face. La honte resurgit lorsqu'il me donne son explication des faits.

Comment vais-je pouvoir lui dire ce qui s'est réellement passé ? Je suis tentée de le laisser croire à sa version, mais si je fais ça je suis bonne pour une thérapie et surtout pour subir une compassion de folie chez mes collègues qui vont me voir comme une martyre. Je ne peux pas lui mentir.

— Je suis désolée, mais vous vous trompez.

— Ne vous excusez pas, vous êtes sous le choc et vous pensez ne pas être victime, mais vous avez le droit d'être reconnue comme telle.

S'il ne me laisse pas en placer une, ça va être compliqué :

— Non, vous ne comprenez pas, personne ne m'a frappée.

J'ai mis trop de véhémence dans ma phrase et Duval effectue un très léger mouvement de recul qu'il tente de réprimer.

J'entreprends de lui relater les faits avec plus de calme. Une fois mon laïus terminé, je conclus :

— Lorsque les pompiers ont fracturé la porte, mon corps a été projeté contre la faïence des WC… Je sais, ce n'est pas glorieux, mais c'est la vérité.

J'ai débité mon explication d'une traite en fixant mes pieds, j'ai peur de percevoir du jugement dans le regard du thérapeute.

Après un long silence, il se lève et me dit :

— Très bien, Agathe. Quoi qu'il en soit, vous êtes épuisée par ce que vous venez de vivre. Je vais vous laisser un peu vous reposer, et nous nous reverrons plus tard. Une infirmière va passer pour vos soins.

Je suis tellement habituée à recevoir des ordres des médecins que je m'entends lui répondre :

— Très bien docteur, je fais ça tout de suite.

Je ne me rends même pas compte que les rôles ont changé. En tant que patiente, j'aurais pu m'opposer au thérapeute et lui dire que je ne voulais pas rester à l'hôpital. Il me semble qu'une bonne nuit à la maison suffit, car, effectivement, mon tête-à-tête avec les WC m'a un peu sonnée. Dans tous les cas, ça ne vaut pas une hospitalisation.

Une infirmière entre dans ma chambre juste après le départ de Duval, et sans un mot, elle m'injecte un traitement dans la poche de ma perfusion.

— Je repasserai plus tard, repose-toi.

Chapitre 3

— Alors, comment va-t-on aujourd'hui ?

Si je n'avais pas subi toutes ces années la domination d'hommes qui me surpassaient hiérarchiquement, je lui aurais volontiers répondu : " On ? Je ne savais pas que vous étiez mon siamois ?".

Mais, victime de ma lâcheté, je m'entends lui dire :

— Beaucoup mieux, merci docteur.

Beaucoup mieux ?

Je me mettrais des claques quand je fais ça !

Est-ce mieux parce que les calmants injectés dans ma perfusion, sans mon consentement, commencent à disparaître ? Ou est-ce mieux parce que mon visage commence à se dégonfler, suite à la brutalité subie à cause des pompiers à qui je n'avais rien demandé ? Ou peut-être mieux par rapport au fait que je commence à accepter que vous ne me croyez pas lorsque je vous dis que je n'ai pas été agressée et que je vais très bien !

Mais je me contiens, car je n'ai qu'un seul but : rentrer chez moi.

Et pour ce faire, je me dois d'être une gentille petite patiente.

— Parfait ! Bon, cela fait deux semaines que nous avons le plaisir de vous avoir avec nous…

Deux semaines ? Je n'entends plus la suite du monologue de Duval, je suis bloquée sur la date.

J'étais persuadée que mon malaise remontait à maximum deux jours, et ce grand dadais m'annonce sans ménagement que ça fait deux semaines que je végète ici, shootée aux calmants !

Ça ne peut plus durer, je lui coupe la parole :

— Docteur, avec votre accord, je souhaiterais rentrer chez moi au plus vite.

Duval fronce les sourcils. Je perçois son agacement d'avoir été interrompu dans son laïus, ainsi que sa surprise face à mon attitude irrespectueuse.

— Agathe…

— C'est Madame Pule, docteur.

Là, c'est clair : je ne l'ai plus dans la poche, mais j'ai des droits en tant que patiente et je compte bien les faire valoir.

Duval se racle la gorge, conscient d'avoir été trop familier avec moi. Il me considérait comme une subalterne, et non comme une patiente. Je vois bien que cela ne lui plaît pas, et que je vais probablement en pâtir dans ma carrière. Mais je veux quitter cet endroit.

— Bien sûr, Madame Pule. En tant que médecin, je ne peux que vous conseiller sur la marche à suivre suite à votre accident, mais vous le savez, vous restez décisionnaire.

— Je vous remercie. Je pars donc maintenant.

— Si c'est votre décision, je demanderai aux infirmières de préparer vos papiers de sortie.

Duval se lève.

Je suis soulagée, finalement, je me sens un peu coupable de mon petit délire de persécution, car il n'est pas si mauvais, ce médecin.

— Cependant, en tant que professionnel de la santé, je ne peux que désapprouver votre choix, Agat… Euh, Madame Pule. Je pense qu'une personne qui vit un burn-out ne devrait pas rester seule chez elle.

Alors que Duval quitte la pièce, je sens que je perds pied.

Un burn-out ? De quoi parle-t-il ? Il s'est trompé de patiente, c'est obligé !

Quel burn-out ? Je n'ai jamais eu une vie de fous. Tout ce que je fais, tout le monde le fait !

Oui, le boulot est un peu stressant, mais mes collègues y arrivent sans broncher. Elles sont épanouies et supportent très bien la charge de travail, les tensions et les drames qui se jouent dans le service chaque jour. Je ne suis pas plus fragile que les autres et je suis capable de faire mon métier qui n'est pas exceptionnel, d'ailleurs, mon existence en général n'a rien d'exceptionnel. En tout cas, ce n'est pas assez pour me mener à un burn-out à cinquante ans, c'est pathétique, et surtout : c'est faux !

Lorsque l'infirmière passe en fin de matinée pour me faire signer le papier, je suis déjà habillée depuis trois bonnes heures. Je lui arrache les documents en m'élançant hors de la chambre.

Je marche pendant dix minutes avant d'arriver à mon arrêt de bus. J'attends encore dix minutes de plus pour pouvoir monter dans le car et m'enfuir le plus vite possible de cette maison de fous.

Au bout de trente minutes de trajet, je peux enfin claquer la porte de chez moi.

La colère qui m'avait fait tenir jusqu'ici s'effondre, me laissant seule dans mon appartement… vide.

Cet endroit est aussi vide que ma vie, mon cœur, et l'ensemble de mon existence.

Pendant ces deux semaines, j'avais complètement oublié ce creux qui se loge au fond de ma poitrine depuis plusieurs mois. Je n'avais même pas réalisé qu'il avait pris racine en moi. C'est seulement maintenant, alors qu'il refait surface, que je réalise combien je vis ainsi depuis trop longtemps.

Je laisse mes clés dans le petit panier de l'entrée, je m'installe dans ma cuisine parfaitement rangée et je dépose les documents de l'hôpital sur la table.

Je découvre qu'il y a une ordonnance et un arrêt maladie signés du docteur Duval.

Il m'arrête pour un mois et me prescrit des antidépresseurs.

Agrafée au dernier papier, une carte de visite au nom du psychiatre me donne les jours de consultation.

Une phrase est griffonnée : Agathe, quand vous serez prête, je serai disponible pour vous. Adrien Duval.

Je m'effondre, l'encre du mot s'étale sous le poids de mes larmes.

Il a raison : je vais mal.

Chapitre 4

J'ai 51 ans, je souffle mes bougies avec mes amies.

— Bravo ma belle ! 51 ans et libre comme l'air ! Tu es au top, il doit s'en mordre les doigts, l'autre con, de s'être cassé avec sa grognasse !

Je souris, mais ce genre de réflexion me tord encore le ventre.

Il s'est passé plus d'un an depuis l'épisode des toilettes.

Ils m'ont laissé six mois en arrêt maladie avant que je puisse retourner au travail.

Je pensais avoir passé le pire avec ce burn-out qui m'avait fait prendre conscience que tout cela avait commencé avec ce que le docteur Duval appelle " le syndrome du nid vide".

Depuis que Cariel, mon fils, était parti vivre avec sa copine, je m'étais enlisée dans un sentiment de néant existentiel des plus profonds.

Plus rien n'avait de sens et j'écoulais mes journées sans but précis en tentant de remplir mes heures par le plus de choses possible.

Le manque de mon enfant était omniprésent, mais j'avais honte de dire que je me sentais totalement inutile depuis son départ définitif de la maison. Cela me semblait ridicule alors que Cariel était déjà autonome depuis plusieurs années. Il avait son appartement d'étudiant à deux heures de chez nous, mais il rentrait de temps en temps. De plus, la séparation s'était faite en douceur. Dans un premier temps, il était là tous les week-ends, puis un sur deux ou un sur trois pour cause de travail ou de soirées entre amis. Mais il revenait toujours. Sa chambre était prête et je pouvais l'appeler aussi souvent que je le voulais, je n'avais jamais l'impression de le déranger.

Lorsqu'il nous a annoncé qu'il emménageait avec Delphine, sa petite amie depuis trois ans, j'étais réellement ravie pour eux : ils s'aiment, ils sont jeunes et ont toute la vie devant eux.

À ce moment-là, j'ai eu le sentiment d'avoir fait mon devoir de maman, d'avoir fait le job avec brio. Cariel était adulte, sain, serein et amoureux d'une fille qui était également un modèle d'équilibre.

Mais j'ai compris le mot "définitif" lorsqu'il est venu pour déménager sa chambre.

C'était normal qu'il prenne ces affaires, toutes ses affaires… mais cette chambre vide m'a arraché le cœur.

Lorsque j'appelais pour avoir des nouvelles, il était avec Delphine en train de faire quelque chose. Il me disait : " Je te rappelle plus tard, maman", et ce "plus tard" n'arrivait jamais.

Il venait à la maison de temps en temps, toujours avec Delphine, et souvent en coup de vent.

Je n'avais plus besoin de lui rappeler son rendez-vous chez le médecin ou de m'occuper de certains papiers pour l'assurance, la voiture ou les impôts : avec Delphine, ils formaient une équipe qui gérait tout de front.

Je n'avais plus rien à prévoir, penser ou anticiper pour lui, je n'avais plus que moi.

Dans un premier temps, j'ai été ravie de pouvoir m'atteler à mes passions et de n'avoir à me préoccuper que de moi-même, mais rapidement je me suis rendu compte que j'avais trop de temps pour moi, trop de vide.

Plus aucun but ne m'aidait à tenir la barre, d'ailleurs, il n'y avait plus de barre, plus de bateau… j'étais un capitaine en naufrage sur un radeau dans un immense océan.

Bien évidemment, j'ai tout gardé pour moi par honte et aussi pour éviter de faire culpabiliser mon fils. Il avait tout à fait le droit de vivre sa vie et je ne pouvais en aucun cas lui faire part de mes pensées.

C'est à ce moment que je me suis jetée corps et âme dans le travail et dans une multitude de loisirs.

Je l'ai également tu à mon mari, Paco.

Lorsque je me remémore toutes ces années de vie de couple, une tornade de sentiments s'empare de moi : je passe par toutes les émotions !

Si je me replonge dans nos premières années, c'est la nostalgie qui m'envahit.

Je nous revois : jeunes, beaux et insouciants de toutes les embûches qui peuvent se dresser au cours d'une vie. Nous étions pénétrés d'une énergie inépuisable, tout nous semblait possible et aucun obstacle n'était insurmontable.

Et nous avons eu raison !

Nous sommes parvenus à réaliser tous nos rêves : un foyer à nous, deux carrières tout à fait correctes et un enfant qui nous remplit de fierté.

Lorsque je reviens sur ces moments où nous avons été plus des parents que des amants, je suis heureuse. Ces années ont été formatrices et nous avons appris à devenir des parents ensemble. Nous nous aimions différemment, mais, à ne pas douter, il y avait une montagne d'amour entre nous.

Nous étions complices et partenaires.

Lorsque l'un montrait des signes de faiblesse, l'autre prenait le relais et épaulait systématiquement son binôme.

À bout de tant d'années côte à côte, l'amour se transforme.

Il revêt des aspects divers et nous passions de la passion à la tendresse tout naturellement, mais avec toujours autant de sentiments.

Il me semblait que chacun avait trouvé sa place lorsque notre duo avait évolué en trio.

J'adorais mon rôle de maman et Paco était un papa tout aussi investi.

En se faisant une place dans notre vie, Cariel nous avait montré que l'amour pouvait avoir de multiples facettes et qu'aucune n'a plus de valeur qu'une autre.

Et puis, le trio est devenu un quatuor qui s'est rapidement scindé en deux tandems.

Cariel et Delphine expérimentaient leurs premières années, alors que Paco et moi amorcions un nouveau virage dans notre couple, que nous ne connaissions pas.

C'est lorsque je reconsidère ces moments de nos vies que les sentiments heureux se dissipent.

Nous pensions honnêtement que nous étions toujours des partenaires et que nous allions parvenir à réinventer notre union.

Même si nous avons adoré la phase "famille", nous étions ravis de pouvoir nous recentrer sur le cœur de notre duo.

Nous avions une foule d'envies et de projets, mais… "on verra plus tard".

Paco a vu la possibilité de consacrer l'énergie qu'il avait dépensée jusqu'à présent pour son foyer dans les dernières années de son activité professionnelle. Il enchaînait les réunions, les séminaires et les heures plus que supplémentaires. Il s'épanouissait à nouveau dans son entreprise et tissait de nouvelles amitiés avec ses collègues.

Quant à moi, malgré les heures vouées au travail, rien de bien concluant n'en ressortait. Ma carrière évoluait très doucement et je ne parvenais pas à créer de vrais liens avec mes collègues.

Quant à mes temps libres, j'avais redécouvert ma machine à coudre, mes peintures, mes dessins, ma vieille guitare… que des loisirs qui me retranchaient dans ma solitude.

Plus Paco s'ouvrait aux autres, plus je m'isolais dans ma bulle.

Comme je ne voulais pas donner l'image de la pauvre femme démunie face au départ de son enfant, je trompais mon monde en sortant régulièrement avec des amies, mais une fois en soirée, je me languissais de rentrer chez moi.

Ainsi, Paco dépensait toute son énergie à l'extérieur de notre couple et moi, je tentais de donner le change en prenant soin de cacher le vide qui m'habitait.

La façade tenait bon : en apparence, nous étions de ces couples approchant la cinquantaine, fringants, dynamiques et soudés comme jamais par la vie. Notre entourage prédisait une quinzaine d'années à naviguer entre nos carrières, nos voyages et nos amis avant de devenir de zélés retraités.

Mais une fois seuls, les échanges se faisaient de plus en plus rares, pas parce que nous nous disputions, mais parce que nous avions de moins en moins de choses en commun.

Il me parlait avec passion de ses collègues et de la bonne ambiance qui régnait dans son entreprise et je mentais en inventant des anecdotes sur mon travail ou sur mes soirées entre copines. Nous parlions essentiellement de notre fils et de la vie des autres.

Avec les années, nous avions aussi perdu l'habitude de l'intimité.

Avec un enfant qui pouvait ouvrir la porte de la chambre conjugale à n'importe quel moment, nous avions énormément bridé notre vie sexuelle, mais, lorsque nous avons compris que nous pouvions à nouveau nous réapproprier les lieux, nous avons eu une phase euphorique… avant qu'elle ne retombe comme un soufflé !

Nous avons voulu reprendre nos habitudes comme à nos vingt ans : n'importe où, n'importe quand…

Rapidement, nous avons disqualifié les endroits inconfortables, comme une table, la douche ou même le canapé.

Et puis, le "n'importe quand" n'était pas évident à gérer entre nos emplois du temps de ministres et le corps qui ne réagit plus au premier coup de sifflet.

Dans une sorte d'accord tacite, nous avons repris nos places de partenaires liés par un amour tendre, profond et honnête.

Ainsi, je coulais doucement vers le syndrome du nid vide et Paco vers son envie d'ailleurs.

Lorsque je me remémore cette période, je m'en veux de n'avoir rien remarqué. Cela serait arrivé à une amie, je l'aurais vu comme le nez au milieu de la figure.

C'est tellement cliché, tellement commun, tellement attendu… et moi, je n'ai rien vu venir.

Après l'annonce du burn-out, nous avons été tous les deux ébranlés, car nous pensions sincèrement que tout allait pour le mieux.

J'imaginais aussi très naïvement que, maintenant que j'avais enfin extériorisé, le plus gros était derrière moi, et qu'il ne restait plus qu'à panser mes plaies.

Et puis, j'étais suivie par le docteur Duval à raison d'une séance par mois, ce qui me permettait d'avancer un pas après l'autre et d'avoir une ordonnance pour m'aider à gérer la situation grâce aux antidépresseurs.

Paco a été aux petits soins avec moi. Il était totalement perdu et ne savait pas quoi faire pour me sortir la tête de l'eau.

Moi, avec mes calmants, je voyais bien tout cela, mais j'avais la sensation d'être spectatrice de ma vie. Plus rien ne me touchait.

Les médicaments avaient mis en sourdine ma douleur et ça me convenait. Le vide était toujours en moi, mais je n'en souffrais plus.

Et je me suis contentée de reprendre ma vie là où le burn-out l'avait laissée.

Tel un automate, je me levais le matin, je partais au travail, je revenais le soir et je dînais face à un mari à qui je n'avais plus rien à dire.

Je ne parlais pratiquement plus et tout ce qu'on me disait ne rentrait plus dans ma mémoire.

Puis, assommée par mes médicaments, j'allais me coucher pour une bonne nuit de dix heures.

Je n'étais pas malheureuse ni heureuse… J'étais, point barre.

Moins d'une année après le choc du burn-out, Paco donna une nouvelle secousse :

— J'en peux plus, Agathe. Je suis en train de crever à petit feu, ici.

J'avais eu envie de lui répondre : " Moi aussi, mais que veux-tu qu'on y fasse ? "

Mais je n'avais rien dit.

Amorphe comme à mon habitude, j'attendais la suite :

— Je t'aime encore, mais plus comme avant et si je suis avec toi, ce n'est plus pour les bonnes raisons. J'ai peur pour toi et je reste pour être sûr que tu ne fasses pas de conneries. Mais en agissant de la sorte, je me détruis et je passe à côté de ma vie. Je ne peux plus te porter à bout de bras.

Ahurie, je découvrais que Paco me croyait suicidaire.

J'étais certes devenue l'ombre de moi-même, mais jamais je n'avais pensé mettre fin à ma vie… Pour cela, il aurait fallu que je me sente encore en vie !

Prenant mon silence pour une invitation à poursuivre, Paco asséna le coup de grâce :

— Notre relation a toujours fonctionné sur la confiance et l'honnêteté, et je ne peux pas te cacher ce que je suis en train de vivre.

Je te quitte, car nous ne sommes plus un couple depuis très longtemps et Aurélia m'a donné la force d'agir.

— Aurélia ? Ta secrétaire ?

— Mon assistante, oui.

— S'il te plaît, ne joue pas sur les mots ! Je suis assistante médicale et je sais ce que fait Aurélia dans l'entreprise dans laquelle tu travailles… mais je ne savais pas que sucer son supérieur était dans ses prérogatives !

— Agathe, je t'interdis de parler comme ça d'Aurélia, sinon…

— Sinon, quoi ? Tu me quittes ? Aurélia… elle a vingt ans, bordel !

— Vingt-neuf.

— Ah, oui, ça change tout ! C'est bientôt une vieille trentenaire ! Vos plus de vingt ans d'écart ne se verront pratiquement pas ! Putain, t'es pathétique… là, ce qu'on vit est pathétique !

Dis-moi que c'est une mauvaise blague, un cauchemar à la con. Dis-moi que c'est faux, que tu voulais me faire un électrochoc et qu'Aurélia est en ce moment avec son chéri de vingt ans et qu'elle t'a juste pondu un congé mater.

Dis-moi qu'on reprend notre vie et que rien ne s'écroule.

Parle-moi, bordel !

Prostré, Paco attendait la fin de l'orage.

— Barre-toi, va la retrouver, ta pouffiasse !

Je me voyais faire, j'entendais les mots que je prononçais et ce que je trouvais le plus minable dans cette histoire, c'était moi.

Je n'avais aucune dignité, aucun sang-froid, aucune possibilité de prendre du recul. Je me comportais typiquement comme ces vieilles bonnes femmes cocues et vexées. Je ne valais pas mieux que cette situation pathétique, j'étais même un personnage clé qui ajoutait du pathos à cet horrible cliché.

Et je me retrouve là, dans ce restaurant bondé de monde qui parle et rit trop fort.

Entourée de ces femmes que j'appelle mes copines, je donne le change.

Je suis la cocue, remplie de haine et de rancœurs, qui ne pense qu'à se venger de son ex et de sa pouffiasse. Mais je me montre sous mon meilleur jour pour prouver à qui veut bien le voir que Paco a fait la plus grosse connerie de sa vie. Il reviendra en rampant lorsqu'il redécouvrira la perle qu'il a lâchée pour une gamine.

D'ailleurs, ce n'est pas moi qui le dis, tout le monde me rabâche ça depuis qu'ils connaissent ma situation.

Il y a quelques semaines, je vivais dans une quasi-indifférence de mon entourage et, aujourd'hui, je découvre plein d'amis remplis de bons conseils :

" Quel con ! Quand on voit la femme que tu es ! "

" C'est typique, il te fait une crise de la cinquantaine, il va te revenir la queue entre les jambes ! "

"Crois-moi, il va vite s'en lasser de sa minette sans cervelle."

On me dit qu'il faut que je pense à moi, car lui ne se gêne pas pour prendre du bon temps… mais je n'en ai pas envie.

D'ailleurs, de quoi ai-je envie ?

Chapitre 5

J'ai quatre mois… quatre mois pour trouver un toit.

L'agent immobilier vient de m'appeler : les acheteurs ont eu l'accord de leur banque… on signe dans quinze jours.

J'arrive au travail dans un état second.

Depuis quelques semaines, j'ai diminué mes antidépresseurs, car, en étant seule, je dois à nouveau tout gérer et en étant constamment dans le brouillard, c'était difficile.

Je suis contente de percevoir un peu mieux mon entourage, mais l'annonce de ce matin me terrorise.

Lorsque Paco a parlé de mettre l'appartement en vente, je pensais que cela prendrait beaucoup plus de temps que ça, mais monsieur était pressé.

Il a sûrement besoin de pognon, une pétasse de 30 ans, ça pompe pas mal de blé !

J'avais bien tenté de racheter sa part, mais la banque n'a même pas voulu monter un dossier.

Mon conseiller, un gamin dans la vingtaine, m'avait dit sans aucune gêne qu'au vu de mon " grand âge " et de ma situation " précaire ", il serait plus sérieux de contacter des aides sociales pour veiller à mes " vieux jours ".

Accablée par mon burn-out, mon nid vide et mon divorce, je n'avais pas réussi à remettre ce petit con à sa place.

Après tout, il a peut-être raison. Je ne me sens plus utile nulle part. Je n'ai plus d'envie pour rien et je me contente de faire ce que la société attend de moi.

— Mais t'es complètement conne de dire ça, ma parole !

Toutes les secrétaires médicales se retournent vers Nala.

— Parle moins fort, on va se faire lyncher !

Les yeux ronds étonnés et gênés de Nala me font partir en un fou rire que je tente de refréner derrière mon écran.

Nala est ma collègue et la seule personne que je considère comme une véritable amie. Pourtant, cette amitié a vu le jour lorsqu'elle a su que mon mari m'abandonnait.

Elle était venue me voir pendant une pause-café et m'avait demandé :

— Ça va, ma poule ?

J'avais alors baissé les yeux, submergée par mes émotions, ce qui lui avait donné l'occasion d'ajouter avec malice :

— Il paraît que t'as perdu ton coq ?

Nos regards s'étaient alors croisés et un fou rire incontrôlable avait résonné dans toute la salle de repos.

Cette relation, plus que récente, me semble malgré tout des plus solides. Avec Nala, j'ai l'impression de revivre mes complicités d'adolescente. Peut-être que notre écart d'âge est responsable de cette sensation. Nala a 32 ans, même génération que la pouffiasse, mais je ne peux pas me mettre à haïr toutes les femmes trentenaires.

Elle arbore de somptueux cheveux rouges que nos supérieurs aimeraient dissimulés. Ses grands yeux bleu azur ne cachent aucune émotion, aucun sentiment.

Nala est extravertie, entière, joyeuse et optimiste.

Tout le contraire de moi en ce moment.

Nous avons pourtant pas mal de traits physiques en commun, mais à côté d'elle, je me sens fade.

Là où le bleu de ses yeux fait penser aux lagons tropicaux, les miens ramènent au ciel gris d'une froide journée hivernale emplie de brouillard.

Elle a su mettre en valeur sa chevelure, alors que je laisse mon blond pendre mollement en un carré simple, classique, sans faute de goût.

Je me sens aussi effacée que Nala est lumineuse.

Mais, à son contact, au lieu de me rabaisser encore plus, j'ai l'impression que mon amie me donne un peu de sa substance invisible qui nous rend aussi rayonnantes l'une que l'autre.

Souvent, elle traite les événements avec nonchalance en lançant des "On s'en fout, ma poule ! ".

En général, cette phrase clôture mon inquiétude et elle me permet d'aller de l'avant.

Je pensais sincèrement qu'elle allait me sortir son mantra lorsque je lui avais fait part de mes dernières préoccupations :

— Tu ne vas tout de même pas laisser un gosse de 20 ans te dire ce que tu dois faire ! Tu sais quoi ? Va directement en EPADH… Nan mieux : prends ton contrat obsèques, tu vas gagner du temps !

— Nala, tu veux que je fasse quoi ? Dans quatre mois, je suis à la rue. La banque refuse de m'aider et il est inutile de te rappeler le montant de nos glorieux salaires !

— Alors, voilà ! T'es résignée à devenir un vieux débris cassos ?

Putain, Agathe ! T'es belle comme un cœur, tu es intelligente avec une culture de ouf. Tu es curieuse de tout et un rien t'émerveille. Tu as encore tellement à donner aux autres.

— Justement, je ne veux plus des autres !

J'ai balancé cette phrase sans réfléchir et je ne sais pas vraiment pourquoi j'ai dit ça.

Sûrement pour que Nala me laisse tranquille.

Et ça fonctionne ! Ma collègue tourne son regard vers son écran et reprend son travail avec le plus grand des sérieux.

Je suis peut-être allée trop loin avec elle, mais j'en peux plus de me battre tout le temps.

Je me bats pour me lever le matin, m'extirper de mon lit, sortir de chez moi. Tout ça pour me prendre le stress et la nervosité de la ville en pleine tronche.

Je me bats pour rester sur ma chaise de bureau sans insulter les familles des patients qui déversent sur moi leur colère d'être impuissants face à la maladie.

Je me bats pour rentrer dans mon appartement vide de la moitié des meubles, froid et lugubre.

Je ne veux pas lutter pour garder ce lieu qui fut mon foyer, mais qui aujourd'hui ressemble à un champ de ruines où se sont déroulées mes plus belles années.

Le meilleur est derrière moi, je le sais.

Tout me coûte, tout me pèse et je n'attends plus rien de la vie.

J'aimerais juste…

— Voilà où on va ce week-end, ma poule !

Nala a tourné son écran pour que je puisse apercevoir un magnifique paysage de montagne avec un lac azuré lové au creux de deux pics.

— La rando, y'a que ça de vrai !

Et ne réponds rien, t'as pas le choix, c'est comme ça ! Ça fait des années que je ne suis pas allée voir tonton Kuku, il va être aux anges !

— J'ai une seule question : c'est un surnom " Kuku", hein ?

Chapitre 6

C'est pas des mollets qu'il a, tonton Kuku, mais quatre roues motrices !

Ça fait trois jours que Nala m'a amenée dans son traquenard et je ne cesse de l'insulter en crachant mes poumons.

J'ai l'impression que plus je souffre, plus elle aime ça !

Tonton Kuku fait partie de ces hommes de montagne qui ne causent guère et qui préfèrent agir au lieu de palabrer et ça, ça me plaît.

Nous sommes arrivées dans son petit village de montagne le vendredi soir dès la sortie du bureau.

Tonton Kuku nous a accueillies avec une bonne soupe maison et Nala l'a pris à part.

Je l'entendais chuchoter tandis que l'homme grognait de temps à autre comme pour approuver les dires de sa nièce.

Une fois que Nala eut fini son monologue, il avait conclu simplement :

— Deux jours, ça suffira pas. Faut prendre la semaine, ma tite caille, si tu veux y arriver.

J'avais vu Nala s'emparer de son portable pour envoyer un mail à notre supérieur afin de le prévenir de notre semaine d'absence.

— Mais t'es folle ! On va se faire virer !

— Agathe, on n'a qu'une vie… et pis, on s'en fout !
Fin du débat.

Ayant la pugnacité d'un mollusque, je n'avais rien rétorqué.

C'est ainsi que je me suis retrouvée embarquée dans la plus grande randonnée de ma vie.

Les premiers jours avaient été pénibles et chaotiques.

Je ne parvenais à me concentrer que sur les sentiers pour éviter de me faire mal et, lorsque ces derniers étaient plus cléments, c'était mes douleurs qui retenaient toute mon attention.

Nous sommes à la fin du quatrième jour lorsque je m'aperçois que je ne souffre plus d'aucun mal physique et, même si je n'ai pas l'entrain de tonton Kuku, je suis arrivée au gîte en m'extasiant du panorama qui se déroule sous mes yeux.

Exténuée, je me couche de bonne heure et c'est au petit matin du cinquième jour que je me lève bien avant mes compagnons de rando.

Je ne sais pas si c'est l'air de la montagne ou l'exercice, mais je m'endors sans mes cachets et me réveille pleine de tonus.

Je profite d'être seule pour me glisser hors du gîte avec une bonne couverture sur les épaules et dans le crépuscule, je me pose face à l'immensité de la montagne.

Cela fait des années que je n'ai pas assisté à un lever de soleil. De mémoire, le dernier était en Corse avec Paco.

À l'évocation de ce souvenir, je sens les larmes rouler sur mes joues. Je ne les retiens pas et je me surprends même à sourire. Un mélange de tristesse et de joie m'envahit.

J'ignorais que l'on pouvait ressentir ces deux émotions simultanément et pourtant, c'est bien de cela qu'il s'agit : je suis heureuse d'être triste.

Cheveux hirsutes, Nala s'installe doucement à côté de moi.

Elle me regarde et chuchote :

— Bon retour parmi les vivants, ma belle.

Tonton Kuku passe la tête par la porte et grogne qu'il faut manger avant de repartir :

— À partir de maintenant, ça devient sérieux, les gamines !

J'adore l'entendre me traiter de gamine, alors qu'il doit seulement avoir une dizaine d'années de plus que moi.

D'un autre côté, il se comporte avec détermination, sérénité et sagesse, alors que je chougne depuis quatre jours parce que j'ai mal aux pieds.

Il a raison : je suis une gamine ! Une sale gosse égocentrée qui n'a même pas la décence d'apprécier tous ces paysages que nous traversons depuis le début de la randonnée.

J'engloutis mon petit déjeuner et emboîte le pas à tonton Kuku, bien décidée à remonter dans son estime (et dans la mienne, au passage !).

Le bougre n'avait pas menti ! Le sentier devient difficilement praticable, mais chaque panorama est une pépite qui me laisse sans voix.

Nous avalons les kilomètres dans un silence monastique et seuls les bourdonnements d'insectes frôlant nos oreilles, et le vent tournoyant autour de nous, donnent un peu de sonorité à notre voyage.

Au loin, j'aperçois une cabane.

Depuis le début, nous sommes déjà passés devant des bergeries plus ou moins laissées à l'abandon, mais celle-ci semble différente.

Tonton Kuku voit que la masure m'intrigue :

— Tu veux qu'on y jette un coup d'œil ? Ça ne nous fait faire qu'un petit crochet.

Sans réfléchir, j'opine de la tête.

Nous arrivons beaucoup plus vite que je ne le pensais et j'avais raison : il ne s'agit pas d'une petite bergerie.

Devant moi se dresse une petite maison équipée de panneaux solaires.

Au loin, un bruit de moteur ronronne vers un puits en pierre.

— C'est habité ?

— Plus maintenant. Ici vivait un ami de longue date qui a tiré sa révérence il y a quelques mois. À présent, elle appartient à ses gamins, mais visiblement, ça ne les intéresse pas.

Effectivement, à bien y regarder, tout était en train de se délabrer.

— On va casser la croûte, si ça vous va !

Nala ne se fait pas prier pour lâcher son paquetage et s'aventurer un peu en avant pour trouver le "spot" idéal.

— Agathe, viens par là.

Je pose, moi aussi, lourdement mon sac à dos sur le sol et contourne la petite maison.

Alors que j'aperçois Nala debout et immobile sur une terrasse, je stoppe ma marche ébahie face au paysage qui se dresse devant nous.

D'où je me trouve, une sorte d'immense pot-pourri végétal aux milles et une teinte embrasse tout mon regard.

Juste devant nous se trouve, sur plusieurs mètres, une sorte de potager sauvage rempli de laitues, de fanes de carottes, de navets, de betteraves ou encore de panais. Je reconnais les longues feuilles engainantes, plates et vert sombre des poireaux et les tiges des tomates qui s'enroulent sur leurs tuteurs.

Mais le plus fou n'est pas là, même si je me demande comment autant de légumes ont pu pousser sans aucune aide.

Comme si elle bordait le "potager", une luxuriante forêt peuplée d'épicéas, mais aussi de chênes, de châtaigniers, de noisetiers, de pins et de saules s'étend à perte de vue.

En contre-bas, j'aperçois à travers les masses vertes, de-ci de-là, de petits filaments étincelants, et les clapotis énergiques qui s'élèvent me font dire qu'un vibrant cours d'eau sinue parmi les arbres.

Et, en fond de tout cela, la somptueuse, imposante et protectrice chaîne de montagnes.

Avec Nala, on s'assoit et on mange nos sandwiches sans quitter des yeux les merveilles qui nous entourent.

Dès que je pose mon regard, je m'extasie de ma nouvelle trouvaille, ce lieu est époustouflant !

Là, sur cette terrasse, perdue au milieu de nulle part, je me sens bien.

Ni euphorique ni déprimée, je me sens juste bien. Je sens que je suis là où je dois être : je suis à ma place.

— Il faut s'y remettre si on veut arriver au gîte avant la nuit, les filles.

Nala se lève tel un ressort, alors que je peine à quitter les lieux.

Sur le chemin, je ne cesse de repenser à cette cabane et aux trésors qu'elle abrite :

— C'était exceptionnel !

— Oui, c'était un beau panorama, ça, c'est sûr, me répond nonchalamment Nala.

Alors que je suis toujours secouée par cette halte et que j'ai la sensation d'être encore sur cette terrasse, je constate, effarée, que ce lieu n'a pas eu le même effet sur mon amie qui semble déjà être repartie vers de nouveaux horizons.

Chapitre 7

Cette randonnée m'a fait un bien fou !

À tel point que je dors sans somnifère et j'ai même pu arrêter les antidépresseurs qui étaient déjà dosés légèrement.

C'est officiel : je n'ai plus besoin de béquille chimique !

Ces pérégrinations m'ont fait l'effet d'une renaissance, et pour cela j'en serai éternellement reconnaissante à Nala et à son oncle Kuku.

Depuis notre retour, j'ai l'impression de vivre dans une bulle qui me protège de tout, si bien que lorsque, lundi matin, mon supérieur m'a passé le savon de ma vie, alors que nous revenions de notre rando comme des fleurs, je n'ai ressenti aucune crainte.

Je le voyais me hurler dessus en me disant que cette attitude était indigne de la quinquagénaire que j'étais. Il m'avait assuré que c'était la dernière fois qu'il me défendait auprès de ses responsables et que, si je récidivais, je serais simplement congédiée pour abandon de poste.

Il avait terminé son sermon en murmurant :

— Et un conseil d'ami, Agathe : éloignez-vous de cette Nala, cette petite est de la mauvaise herbe.

J'avais opiné sans vraiment y croire et j'étais retournée à mon bureau comme si je ressortais d'un entretien de courtoisie.

Nala m'avait demandé si je m'étais fait tirer les oreilles et j'avais répondu :

— Oui, mais…. On s'en fout !

Si Nala était de la mauvaise herbe, alors j'avais moi aussi envie de voir ce que cela faisait d'être du chiendent.

Et puis, cette immersion intense dans la nature, loin de la civilisation, m'a fait prendre conscience que tout ce que nous, les humains, avons mis en place pour nous protéger, pour nous élever, pour nous structurer, était bien misérable face à l'immensité de la vie sauvage.

Finalement, la société, dans laquelle je suis née et dans laquelle j'ai toujours vécu, est un mode de vie parmi tant d'autres et je viens de découvrir que je peux en choisir un nouveau.

Cela peut paraître stupide, mais je n'avais réellement, foncièrement, au plus profond de moi, jamais compris cela.

Je savais bien sûr que d'autres humains vivaient différemment, comme les Inuits d'Arctique ou bien les Indigènes d'Amazonie, mais j'expliquais ce mode de vie cocasse à cause de (ou grâce à) leur territoire ou leur climat. Pour être tout à fait honnête, il m'est arrivé de penser que tout cela était folklorique, à l'image de nos voyages en Afrique : j'étais persuadée que les Massaïs faisaient semblant de vivre ainsi devant les touristes et que, dès que nous étions partis, ils rentraient chez eux, dans un foyer semblable au mien.

Et puis, moi, petite Agathe Pule, je ne pouvais pas vivre comme eux.

Je ne voulais pas de ce climat des plus rudes, j'aurais dû apprendre un nouveau dialecte et m'éloigner de mes racines.

J'estimais que seule la société, MA société, celle qui m'avait vu naître et qui m'avait tantôt aidée dans mes décisions, tantôt contrainte dans mes choix, était ma seule et unique possibilité et, surtout, mon seul avenir.

Bien sûr, elle avait des torts, des travers, ma société, mais elle avait le mérite d'être là !

Je n'avais pas été livrée à moi-même et je ne manquais de rien matériellement.

J'avais faim : j'ouvrais mon frigo.

Rien ne m'avait mis en appétit ? J'allais au resto.

Je ne me suis jamais souciée de la météo la nuit pour savoir s'il allait geler ou pleuvoir, car au fond de mon lit chaud, et surtout couvert d'un bon toit, j'étais à l'abri de tout.

À l'abri de tout ? Vraiment ?

À présent, j'en doute.

Je commence à me poser des questions, car c'est quand même dans cette société que j'ai vu mon corps s'opposer violemment à moi en refusant de quitter la cabine de toilettes de l'hôpital et de continuer la vie que je lui imposais.

C'est au sein même de ma société que je me suis gavée de médicaments pour "oublier", pour ne plus souffrir, sans chercher d'autres solutions.

C'est encore au cœur de ma société chérie que je me suis mise à dépérir au point de me sentir morte.

Alors, oui, mon organisme biologique n'a jamais manqué de rien, il a même été plus que choyé, mais mon psychisme a-t-il été aussi bien nourri ?

Ma société ne s'intéresse qu'à la santé physique, si notre corps va bien, tout va bien ! Le reste n'est que broutilles, enfantillages ou sciences occultes.

J'ai bien cherché sur le Net des gens qui parlent du mental, sans qu'ils soient psychologues, et je ne suis tombée que sur des illuminés qui partent dans des délires sans fond !

J'aime à dire que ces gens sont "perchés".

Étant viscéralement ancrée dans ma société, je reste convaincue que les seules croyances "raisonnables" sont celles admises, telles que les religions monothéistes ou le bouddhisme, par exemple.

Et encore, je n'approuve pas entièrement certains concepts, mais je comprends que certains y voient une vérité qui les aide.

Mais lorsque l'on vient à me parler d'âmes qui nous entoureraient (donc de fantômes !), de communications d'avec les morts, de transmissions avec les extraterrestres (personnellement, je vois toujours les petits bonshommes verts !), ou d'énergies qui seraient omniprésentes autour de nous… j'avoue que je n'adhère plus du tout.

Alors, ma question est la suivante : je fais comment pour améliorer mon bien-être psychique sans recourir à des molécules chimiques ni me joindre à une secte au fin fond de la Creuse ?

Tandis que mes pensées se bousculent dans mon esprit sans trouver d'échappatoire verbale, je fais défiler les pages web avec la molette de ma souris, sans cesse.

Soudain, mon cœur s'emballe.

J'hallucine : sous mes yeux, une vignette dans laquelle se trouve une masure au beau milieu de la nature.

C'est elle, j'en suis sûre : c'est LA petite maison de la randonnée que je recherche depuis des jours.

Depuis notre retour, cet endroit m'obsède et sans prévenir Nala (j'avais peur qu'elle me prenne pour une folle !), j'avais approximativement retracé le parcours que nous avions effectué pendant ces sept jours.

Grâce aux noms des gîtes, j'étais parvenu à placer grosso modo la masure sur une carte.

À mon grand étonnement, j'avais découvert qu'il y avait, pas loin de la maisonnette, un petit village qui semblait assez vivant.

De pages en pages virtuelles, j'avais fait la connaissance d'un hameau qui était l'épicentre d'une communauté écolo.

Il y avait beaucoup d'animation et un marché tous les deux jours !

Chaque événement était une fête : la transhumance des troupeaux, l'estive, la foire aux cochons, aux chèvres, aux champignons, sans parler de la grande fête du printemps, de l'été, de l'hiver…

C'est en scrollant au travers ces fêtes diverses et variées que la vignette est apparue.

Sans prendre le temps de lire le petit texte accolé, je clique dessus :

"À vendre : charmante maisonnette qui demande un léger rafraîchissement."

Ma maison est à vendre ? Ma maison est à vendre !

— Bonjour, madame. C'est bien ici pour les enregistrements ?

Le petit papi qui se tient fébrilement en face de moi me ramène directement à la réalité : je suis au travail.

Et "ma" maison, c'est l'appartement que je dois quitter dans quelques semaines, car il est vendu, et non cette masure perdue au milieu de nulle part.

Je retourne à la vraie vie en m'occupant de ce monsieur qui a l'air perdu et je me promets que, dès que j'ai cinq minutes, je me mets sur les annonces de locations pour trouver un véritable appartement, près de l'hôpital.

Décidément, je ne suis plus que l'ombre de moi-même depuis ce burn-out.

Une simple randonnée à la campagne et je me vois vivre comme une sauvageonne : RIDICULE !

Je vis dans une super ville, j'ai un travail sympa où je me sens utile, j'ai des amies et un fils adorable.

Sincèrement, je n'ai pas à me plaindre.

J'ai beaucoup de chance d'être née dans cette société.

Et puis, rien n'est jamais parfait, alors, même avec ses défauts, elle est bien pour moi, j'ai besoin d'elle, sans elle, je ne survivrai pas deux minutes.

Je ferme la page et décide de ne plus y penser pour me concentrer sur la vraie vie.

Chapitre 8

Moi qui voulais vivre dans la réalité : me voilà servie !

Étant propriétaire depuis plusieurs années, je ne me suis pas rendue compte que le marché avait tant muté.

Impossible de trouver un logement correct avec un loyer qui ne frôle pas des sommes astronomiques.

N'ayant pas trop de largesses économiques, j'ai revu mes exigences à la baisse en prenant comme seul critère une fourchette de loyer et en éliminant, tout de même, les toilettes sur palier.

À mon âge, j'estime être en droit de faire popo tranquillement dans mes quatre murs.

Mais ce n'a pas été mon unique désillusion, car, lorsque je me suis présentée au téléphone pour avoir un rendez-vous dans le but de visiter les "biens", pas si bien, tous les agents immobiliers m'ont fait un barrage qui n'a rien à envier aux plus valeureux des castors.

Le souvenir d'une conversation lunaire avec un des leurs se rappelle à moi :

— Mais enfin, madame, on ne visite pas un appartement comme ça ! Il faut un dossier complet, monté en amont, et une fois que j'aurai celui-ci en main, je le proposerai aux propriétaires. Si ces derniers sont intéressés par votre profil, je reprendrai contact avec vous pour vous convoquer pour des visites.

— Euh… d'accord. Mais, vous avez compris que je ne postulais pas pour un emploi, mais pour louer un bien ?

— Oui, et ?

— Et, bêtement, je pensais que, comme j'allais donner mon argent à un propriétaire, je restais décisionnaire de… enfin, avant, c'était…

— Avant, c'était avant, madame. Je n'ai pas le temps de vous écouter parler de votre passé qui, je suis sûr, est passionnant, mais j'ai des docs check, des calls-conférences et des brainstormings plein le dos. Alors, le mieux et le plus simple, c'est que vous alliez sur notre site, vous checkez la rubrique create file et le conductive wire vous aidera.

— J'espère qu'il sera plus efficace que vous, ce "conductive machin".

Je pensais avoir vécu le pire avec ces coups de fil, mais finalement c'était peut-être la phase la plus sympa de l'épopée "Investigationis Domus".

J'ai eu un mal de chien pour compiler ces dossiers qui, en définitive, contenaient toute ma vie. J'ai dû envoyer un nombre conséquent de mails aux administrations, car elles n'accueillent plus en personne, pour avoir les pièces justificatives requises.

Ravie d'avoir enfin accompli mes travaux herculéens, j'ai attendu avec impatience les fameuses convocations pour aller visiter mes futurs palaces.

Et le miracle avait eu lieu quelques jours après l'envoi de mon dernier dossier :

— Madame Pule ?

— Oui.

— Je suis l'agent immobilier. J'ai bien reçu votre dossier, mais il est incomplet. Dans l'état, je ne peux pas donner suite à votre demande.

— Comment ça ? Je vous ai mis toutes les pièces exigées. Comment c'est possible qu'il en manque ? Il vous faut peut-être mon premier salaire ? Mais je dois vous prévenir que, comme il a été rédigé à la main à l'aide d'une plume en 1920, il est un peu effacé.

Je ne sais pas ce qui m'a le plus soufflée : qu'il ne capte pas l'ironie de la date donnée ou sa réponse :

— Non, nous n'avons pas besoin de documents aussi anciens, mais vous n'avez pas rempli la partie concernant les garants.

— Bien sûr, j'ai 51 ans et un CDI depuis des années !

— Oui, mais vous vivez seule.

— Et alors ?

— Ne le prenez pas personnellement, mais rien ne garantit à votre futur propriétaire de percevoir ses loyers tous les mois.

— Si je ne dois pas le prendre personnellement, je le prends comment ?

C'est ainsi qu'à 51 ans, je me suis retrouvée à demander à ma pauvre mère de 80 ans de me servir de caution :

— Tu as des soucis d'argent, Agathe ? Je le savais, c'était une erreur, ce divorce ! Voilà où vous en êtes les filles de votre génération ! À vouloir la liberté à tout prix, à vous affranchir des hommes et à jouer aux féministes, on se retrouve sans rien… une moins que rien. Tu sais, Agathe, je ne compte pas le nombre de fois où j'ai voulu divorcer de ton père, mais jamais, tu m'entends, Agathe, jamais je ne vous ai fait ça à toi et ta sœur. Mon devoir de mère passait avant tout et il faut dire qu'à l'époque, on ne partait pas à la moindre tempête, on tenait le cap, on serrait les dents et ça passait. C'était ça l'amour avant : on avait des valeurs !

Si tu continues comme ça, je te le dis ma fille, tu vas finir bien bas et les gens vont te traiter de Femen… Ah ! pauvre France.

J'avais gardé tout mon self-control pour ne pas lui répondre :

Depuis quand le mot Femen est devenu une insulte ? Avoir envie d'avoir des droits équitables, d'être considérée à notre juste valeur et de pouvoir vivre, nous aussi, une vie où nous serions appréciées pour nos compétences et pas uniquement pour notre beau petit minois, c'est "finir bien bas" ?

Maman, tu n'as jamais quitté papa parce que tu n'en as jamais eu le courage. Tu as préféré passer ta vie à te plaindre du mauvais mari que tu avais. Mais, tu pouvais geindre dans le confort de ton pavillon de banlieue, entourée d'amis et de ta famille.

Tu as fait un choix, tout comme ces femmes qui décident d'arrêter de s'apitoyer sur leur désert affectif et qui prennent le parti de favoriser leur équilibre mental au détriment du matérialisme.

En tant que féministe, je ne juge ni l'une ni l'autre, car chacune doit être libre de ses choix.

Ça te ferait du bien à toi d'être un peu "Femen" de temps en temps.

Et puis, comme je te l'ai déjà dit mille fois : C'EST PACO QUI DIVORCE, PAS MOI !

Mais même ainsi, tu dois penser que c'est tout de même de ma faute : j'ai été une mauvaise femme pour qu'il me quitte.

Tu es persuadée que j'aurais dû faire des efforts, être plus agréable, plus belle, plus disponible pour lui…

Malheureusement, le pouvoir de sa queue a été plus fort que toutes nos années de mariage, mais cette réalité est complètement inimaginable pour toi.

Mais au lieu de ce long monologue, j'ai juste soupiré :

— Bon, tu veux bien être ma caution, ou je vais devoir m'abaisser (encore plus) à demander à mon fils ?

À présent, je pense que mon parcours du combattant va prendre fin.

Alors je me décide à contacter un agent immobilier sans savoir que la vie dans son incroyable bonté a encore des petits plaisirs à m'offrir :

— Oui, bonjour, ici, madame Pule. Je suis désolée de vous déranger, mais je vous ai envoyé mon dossier complet depuis plusieurs jours maintenant, et vous ne m'avez toujours pas convoquée pour les visites. Je suis désolée de vous déranger de la sorte, mais je dois rendre mon logement dans quelques semaines et je commence à me demander si…

— Madame, comment ?

— Pule.

— Ne quittez pas.

Je me retrouve à attendre comme une collégienne devant le bureau du proviseur.

Je n'en reviens pas de m'être excusée du dérangement ! Je le contacte pour qu'il me trouve un appartement : c'est son métier, je ne sors pas des clous et il sera payé pour ça.

Le pire est qu'il ne cache pas son agacement.

Si je n'étais pas au pied du mur, je lui aurais dit le fond de ma pensée, mais je suis plus qu'au pied du mur… je suis dans le mur !

— Ah, Madame Pule, j'ai votre dossier sous les yeux.

Il soupire.

J'entends qu'il tapote son stylo et qu'il fait des bruits de bouche qui m'exaspèrent.

— Et ?

— Et… que voulez-vous que je fasse de ça, moi ? Comprenez bien, ma p'tite dame, j'aimerais bien vous aider, mais… vous êtes une femme seule, avec un modeste salaire, un garant octogénaire et vous non plus, vous n'êtes plus toute jeune…

— Je cumule, hein ? Femme, seule, vieille et fauchée. Que des défauts, hein ? Alors que, si j'avais une bonne paire de couilles, je ne suis pas sûre que vous m'auriez appelé "mon p'tit monsieur" ?

— Ne le prenez pas mal. Je sais que les dames peuvent être sensibles parfois, mais…

— Oui, c'est vrai que de se retrouver à refaire sa vie à 51 ans, alors qu'on n'avait rien demandé, et que visiblement personne ne veut vous aider, ça ne justifie pas du tout que l'on soit légèrement à fleur de peau !

Ça fait des mois que vous me baladez avec vos dossiers, vos mails, vos garants et je ne sais quoi d'autre, pour finalement me dire que je ne pourrai pas donner une petite fortune tous les mois à un propriétaire qui loue un taudis où je ne pourrai même pas chier en toute tranquillité !

— Madame Pule, vous devenez hy…

— Hystérique ? Mais dites le mot, monsieur, n'ayez pas peur ! Si j'avais été un homme, vous auriez compris mon indignation et l'auriez trouvée légitime, mais une femme en colère ne peut être qu'une hystérique.

Estimez-vous heureux que je ne vienne pas visiter vos biens torse nu !

En raccrochant, je me rends compte que je me retrouve à quelques jours de mon déménagement sans aucune perceptive d'emménagement. La colère laisse rapidement place à la peur.

Je suis au boulot et, comme je n'ai toujours pas d'enregistrement à faire ou de comptes rendus, j'en profite pour jeter un énième coup d'œil aux annonces immobilières de particuliers.

C'est Nala qui m'a mise sur le filon :

— J'aurais dû te prévenir : femme seule, c'est mort, les agences ne veulent pas.

Tu auras plus de chance chez un particulier, ils sont moins regardants et peut-être un peu plus humains. Moi, c'est comme ça que j'ai obtenu ma chambre de bonne au 10e étage, sans ascenseur… Un véritable rêve éveillé !

J'envie Nala et son optimisme, mais elle a encore la vie devant elle et tous ses projets à réaliser. Elle a l'énergie et la volonté de le faire. Moi, je n'ai plus rien de tout cela.

La société n'arrête pas de me le dire : je ne suis plus une jeune. Tout ça est derrière moi et il n'y a plus rien devant.

J'oscille entre indignation et abattement. Je sens que la dépression n'est pas loin et seule la hargne me tient la tête hors de l'eau. Si j'éteins ce feu qui brûle en moi, je coule.

Je regrette d'avoir parlé de la sorte à l'agent immobilier, ce n'est pas mon genre, je ne me suis jamais sentie "Femen" et bien évidemment, je n'aurais jamais mis à exécution ma menace de seins nus en public, mais je ne supporte plus les injustices que je vis.

Je n'ai jamais rien demandé et j'ai toujours été un bon petit soldat.

J'ai été une bonne épouse, à la maison tous les soirs, sans aventure ni liaison platonique : j'ai systématiquement été focus sur mon mariage.

J'ai travaillé toute ma vie et j'ai saisi au collet toutes les promotions qu'on a bien voulu me donner.

Lors de la naissance de notre fils, j'ai accepté que la carrière de Paco s'envole plus vite que la mienne.

J'ai pris pour acquis le fait que je me battais avec ma direction pour aménager mes horaires en fonction des heures de garderie, alors que Paco lui bataillait pour une augmentation de salaire.

Je donnais de mon temps à la maison au détriment de ma carrière, Paco rognait sur son temps familial pour subvenir aux besoins financiers de sa famille. Tout cela me semblait équilibré, normal, puisque tout le monde agissait ainsi.

Et maintenant, est-ce toujours équilibré ?

À présent, notre fils fait sa vie et il nous alloue autant de nouvelles et de visites à l'un qu'à l'autre. Je n'ai pas plus de marques d'affection de la part de Cariel, alors que j'ai "sacrifié" plus de temps pour lui que son père ne l'a jamais fait.

Aujourd'hui, nous avons exactement la même place dans le cœur de notre enfant, mais pas du tout la même dans la société.

Grâce à sa brillante carrière, Paco a pu rebondir aussitôt après notre séparation.

Il est un homme au sommet avec une cinquantaine à la George Clooney, alors que je suis une assistante-quinquagénaire qui peine à boucler ses fins de mois.

Comment ne pas être en colère face à tant d'injustices ?

Alors que je scrolle mollement sur les annonces, mon supérieur m'appelle dans son bureau :

— Agathe, Agathe, Agathe… ah la la, mais que vous arrive-t-il ? Je ne vous reconnais pas.

— Que se passe-t-il, monsieur ?

L'homme fait le tour de son bureau et pose une fesse sur le rebord en se plaçant ainsi face à moi et légèrement de biais.

— Vous savez, je ne sais plus quoi leur dire pour les calmer, là-haut, dit-il en agitant l'index vers le plafond.

Et moi, comme une andouille, je regarde le plafond !

Il écarte ses bras comme pour imiter une accolade et reprend avec un ton des plus paternalistes :

— Je vous aime bien et ça me ferait vraiment de la peine si la direction venait à exiger des sanctions envers vous.

— Des sanctions ? Pour quelles raisons ?

Je suis réellement étonnée, car je ne vois pas ce que la direction, qui m'embauche depuis des années, pourrait me reprocher. Je suis ponctuelle, professionnelle et je ne suis jamais défaillante, hormis cette histoire de randonnée improvisée.

— Vous filez un mauvais coton depuis… depuis que votre mari… enfin depuis votre divorce. Vous savez, je suis beaucoup plus proche de mes collaborateurs que vous ne le pensez et je vois bien que cette jeune Nala a une mauvaise influence sur vous. À votre âge, voyons ! On ne passe pas son temps sur internet pendant ses heures de travail, même si c'est pour retrouver un mari…

Je ne l'entends plus, je ne sais pas ce qu'il me dit après le mot "mari". Ce crétin s'imagine que je passe ma vie sur Tinder !

Il pense que la pauvre femelle esseulée recherche désespérément un mâle dominant pour qu'elle puisse enfin récupérer une place décente dans la société. Cet homme est persuadé que la seule préoccupation d'une femme fraîchement séparée est de retrouver un nouveau mec ?

Il n'a même pas pensé une seconde que je tentais vainement d'éviter de finir SDF !

Il me sort de ma torpeur lorsque sa main attrape la mienne pour la serrer.

Je ne perçois aucune intention sexuelle, uniquement un geste patriarcal qui se veut amical, mais qui finalement est infantilisant, écœurant… minable.

Je retire ma main de la sienne et le regarde droit dans les yeux.

Je vois bien qu'il ne s'attendait pas à une telle réaction de ma part. Il avait sûrement prévu que je fonde en larme en avouant à quel point tout ceci était dur et que je n'y arrivais pas sans mon mari. Je le connais assez pour savoir qu'il avait anticipé mes plus sincères excuses et, tout en essuyant mes yeux avec son mouchoir, je promettais de me reprendre au plus vite et de redevenir le parfait petit soldat que j'avais toujours été.

— Non, mais, t'as vu la vierge ?

— Pardon ? Agathe ! Je ne vous permets pas…

L'homme se redresse comme s'il avait reçu un courant électrique. Mal à l'aise, il se rassoit dans son fauteuil, mettant ainsi entre nous son bureau.

— T'as rien à me permettre ! Et pour une fois dans ta vie, c'est toi qui vas m'écouter ! Il est vrai que je passe plus de temps que d'habitude sur le net au travail, mais, premièrement, je le fais uniquement dans mes périodes libres. Au lieu d'aller cancaner à la machine à café avec mes collèges, je préfère rester sur mon ordi.

Deuxièmement, même si ça ne te regarde pas, je vais quand même te dire pourquoi j'étais sur internet : je cherche un toit, car, mon mari étant parti avec une minette, il a besoin de sa moitié de l'appartement pour entretenir sa poule de luxe et comme tu me paies peau de zob, je n'ai pas pu racheter sa part.

Résultats des courses : moi et mon tit cul de quinqua, on se retrouve à la porte dans quelques semaines, et, toujours grâce au super salaire que je perçois et à notre merveilleuse société qui pense qu'une femme seule n'est pas fiable, personne ne veut me louer son bien.

Franchement tu n'imagines même pas comment l'envie de m'envoyer en l'air me passe bien au-dessus de la tête en ce moment !

Alors, tu sais ce qu'on va faire, mon p'tit gars ? On va dire que tu me donnes des journées pour que je puisse avoir le temps de trouver ma fabuleuse chambre de bonne au 10e étage.

On ne va pas faire traîner le truc, hein, on va annoncer que c'est effectif à partir de maintenant jusqu'à… ce que je revienne.

Je me lève et tourne le dos.

— Agathe…

Je me retourne :

— Madame Pule !

— Oui, si vous voulez. Si vous passez cette porte, je serai dans l'obligation de…

— De quoi ? De me pourrir encore plus la vie ? Je ne crois pas que cela soit possible. Par contre, moi, je peux te faire dégringoler, mon pote ! Nala m'a montré les textos que tu lui envoies… les jeunes appellent ça des sextos, non ?

Mon supérieur devient blême.

— Je ne suis pas une garce et je ne dirai rien, comme Nala d'ailleurs, si toi aussi tu sais garder ta langue.

Je quitte la pièce en laissant l'homme abasourdi derrière son grand bureau.

Je ne me reconnais pas.

Je ramasse mes affaires en tremblant sous le regard interrogateur de Nala.

— Je t'appelle tout à l'heure.

Manteau sur le dos, sac à main accroché à l'épaule, je m'apprête à éteindre l'ordinateur lorsque je vois la photo de la masure dans les montagnes.

L'annonce est toujours là.

Je prends mon téléphone et tape le numéro inscrit en bas de l'image.

Je quitte le bureau et la dernière chose que Nala entend de moi c'est :

— Oui, bonjour, je vous appelle pour la maisonnette : est-elle encore en vente ?

Chapitre 9

Je suis assise devant une petite tasse de café et j'attends Paco.

Il m'a téléphoné hier, il avait l'air inquiet.

C'est lui qui m'a donné rendez-vous dans ce café qui m'est inconnu.

J'ai eu un léger recul lorsque je suis rentré dans ce commerce. Connaissant mon ex-mari, je m'attendais à un lieu à l'ambiance feutrée et sobre et au décor moderne et aseptisé convenant parfaitement aux rencontres professionnelles.

Certes, l'endroit est calme, mais ce n'est pas étonnant à 10 heures du matin.

Les quelques clients présents consomment en silence le même genre de breuvage que moi. Le sol encore collant de la soirée, la mine fatiguée du barman ainsi que la décoration, qui évoque un pub irlandais, me font comprendre que la scène actuelle est à l'opposé du climat surexcité qui règne habituellement dans cet endroit la nuit.

J'imagine aisément les attroupements d'amis scotchés au bar tentant de hurler leurs commandes de bières et de cocktails à un serveur totalement privé de son ouïe à cause de la musique qui résonne jusque dans sa cage thoracique.

Je visualise les copines qui se dirigent aux toilettes en titubant, espérant arriver le plus vite possible avant que l'une d'entre elles ne rende ses 12 mélanges alcoolisés avalés comme de l'eau.

Je peux sentir les odeurs de cigarettes qui s'échappent des groupes agglutinés dehors pour venir chatouiller les narines de non-fumeurs qui se trémoussent sur la piste de danse, bien au chaud.

À travers ce lieu, je revis mes années de soirées folles.

— Désolé de t'avoir fait attendre, mais je ne trouvais pas de place.

Paco est debout devant moi.

Je sens son parfum, il est nouveau, il sent bon.

Je lève la tête et découvre un pantalon neuf. Tout en relevant mon regard pour atteindre ses yeux, je m'aperçois que tout ce qu'il porte m'est inconnu. Du pull au manteau en passant par sa besace, je ne reconnais aucune de ses affaires.

Je mets un instant pour lui répondre, car je ne suis pas sûre que cet homme soit Paco, "mon" Paco.

Il arbore une barbe de quelques jours taillée avec soin et sa coiffure me fait penser aux dandys des années 20, mais en plus moderne.

Paco perçoit mon trouble, il rougit et passe rapidement la main de ses cheveux pour replacer légèrement en arrière une mèche plus longue qui chatouille son front.

Il s'assoit alors que je ne parviens toujours pas à détacher mon regard de lui et aucun mot ne sort de ma bouche.

L'homme qui se tient nerveusement en face de moi me perturbe.

C'est bien Paco, celui que j'ai épousé il y a des lustres de cela… aucun doute : c'est le père de mon fils, mais il est différent.

Il a perdu quelques kilos et son nouveau style est beaucoup plus jeune que celui qu'il avait lorsque nous étions ensemble.

Le pauvre homme : il est ridicule !

Il tente de cacher son âge à cause de sa petite pépée de 30 ans.

Les copines m'avaient prévenue, elles m'avaient dit qu'il faisait la crise de la cinquantaine. Cette fameuse passade où l'on s'imagine que l'on peut tromper le temps, faire croire au monde entier que l'on est toujours jeune, que l'on a toute la vie devant nous et que nous avons le loisir de faire tout ce que nous voulons… et bien plus encore.

Finalement, cette crise, c'est ni plus ni moins cette maudite peur panique de la mort !

Enfin, dans tous les cas, Paco est grotesque et je m'apprête à le lui dire lorsqu'il décide de prendre la parole :

— Je suis ici, car j'ai eu Cariel au téléphone hier.

Il jette un lourd silence entre nous, comme pour me laisser le temps de recadrer mon attention sur notre enfant et non sur lui.

Et ça fonctionne !

Mon instinct de mère rend muette la vieille harpie qui allait se déchaîner sur lui :

— Cariel ? Pourquoi t'appelle-t-il, toi ?

— Parce que je suis son père, pardi ! Notre divorce n'affecte que mon statut d'époux, pas celui de père.

Mais d'où lui vient cette assurance ?

Jamais il n'aurait osé s'affirmer ainsi avant… avant sa pouffiasse.

Les nerfs me montent, mais le fait que Cariel ait appelé son père au lieu de moi me préoccupe trop pour que je laisse éclater ma colère. Je ronge mon frein et attends que le vieux beau en face de moi se décide à me délivrer de mon impatience.

— Voilà, Cariel est inquiet.

— Il a des soucis ? C'est le travail ? C'est Delphine, elle le quitte ? Lui aussi se fait lourder comme une merde ?

Je panique totalement.

Tout s'effondre autour de moi, car le dernier pilier de mon existence qui semblait tenir bon était mon fils, sa vie, sa réussite. Si lui échoue, il ne me restera plus rien.

— Agathe, stop ! Non, ce n'est rien de tout cela. Cariel va très bien et tu n'as pas était lourdée comme… euh une merde, comme tu dis.

— Excuse-moi, c'est encore à moi de juger comment j'ai ressenti la chose !

Alors, si Cariel va bien, je peux savoir pourquoi il est inquiet ? Peut-être qu'il se soucie de l'équilibre mental de son père ? Après tout, ça serait normal quand on voit ton accoutrement. Il a enfin osé te dire que tu chiais totalement dans la colle ? Que ta pétasse trentenaire n'arrivait pas à la cheville de sa mère ? Que...

— Stop ! ça suffit, je ne suis pas ici pour une énième dispute et arrête de traiter ma fe... enfin, ma compagne de la sorte. Pour info, il a déjà rencontré Aurélia et il l'apprécie. Cariel trouve que, grâce à elle, je suis épanoui et heureux.

Je me retiens de continuer sa phrase en lui rétorquant : " ... Alors qu'avec moi, tu étais rembruni et triste."

Donc, si je suis sa logique : ce pauvre homme était devenu un piètre quinqua à cause de moi !

Il me quitte, bousille ma vie, et, en plus il me dit que tout est de ma faute.

Il reprend :

— Cariel se fait du souci pour toi.

Hein, quoi ? C'est la meilleure celle-là !

C'est son père qui craque totalement son slip et il se fait du souci pour sa mère ? Moi, je n'ai pas changé.

Je porte les mêmes vêtements, j'ai le même travail et les mêmes amies.

Si la société n'était pas aussi chienne avec les femmes seules, j'aurais même gardé mon appartement en rachetant la part de monsieur "mon futur ex-mari".

J'arrive tout de même à arracher un :

— Et on peut savoir pourquoi mon fils se fait du souci pour moi ? Et pourquoi c'est à toi qu'il en parle et pas à moi ?

— Je suis désolé, je sais que c'est délicat et que tu m'en veux beaucoup. À nouveau, je te présente toutes mes excuses pour cette situation, mais nous sommes toujours les parents de Cariel et c'est notre plus belle réussite. Ne gâchons pas ça et, pour lui, nous devons savoir mettre nos différends de côté et rester les bons parents que nous avons toujours été.

Cariel m'a dit que tu n'avais pas trouvé à te reloger alors que la vente se fait dans quelques semaines.

Je le coupe net :

— Bien sûr que si, j'ai trouvé !

— Ne me parle pas de ta cabane au fin fond de montagne, Agathe ! Tu sais que c'est totalement loufoque et inimaginable.

— Ce qui est inimaginable, c'est qu'une femme de 51 ans se fasse jeter aussi violemment de tout : de son couple, de sa maison, de son travail. Et que personne, tu m'entends bien : PERSONNE ne s'en insurge ! Au mieux, on t'ignore, au pire, on te donne encore quelques coups pour être sûr que tu ne t'en relèves pas !

— Mais, tu peux racheter un appartement ! Nous, c'est ce que nous allons faire.

— Tu rigoles, j'espère ! Comme tu étais pressé, nous avons bradé notre logement. Avec la moitié que je vais avoir, il faut retirer les frais de notaires et les impôts. Tu as vu la somme qu'il reste ? Clairement pas assez pour une piaule digne de ce nom dans un quartier correct. Et tu peux aller voir notre banquier, il te confirmera qu'il ne prête pas d'argent à une quinqua qui vit seule. Comme tu l'as dit :

"vous" allez acheter un appartement, moi "je" tente de trouver un toit.

— Mais… et les locations, alors ?

— Si tu ne veux pas te retrouver avec le contenu de ma tasse dans la figure, je te conseille de changer de conversation immédiatement.

— Je ne te reconnais plus, Agathe.

— Comme ça, on est deux, car moi non plus je ne te reconnais plus. Tu t'es regardé dans une glace ? T'as vu ton look ?

— Oui, j'ai vu. J'essaie d'aller de l'avant, mais je constate que toi, tu restes bloquée.

— Mais comment avancer lorsque tout le monde te met des bâtons dans les roues ? Comment faire bonne figure quand tu ne te sens à ta place nulle part et avec personne ? Je sens les larmes monter, mais je ne veux pas flancher, je me trouve déjà assez minable comme ça.

Paco le sait, il me connaît, alors il abrège.

Il pose un billet de dix sur la table et se lève :

— Écoute, moi, j'ai fait mon travail de père. Appelle Cariel et rassure-le. Dis-lui que cette histoire de cabane n'était qu'une blague et que tu es sur le point d'emménager dans un logement normal.

Il met son manteau et me tend une carte d'agent immobilier :

— C'est un ami d'Aurélia. Il accepte de regarder ton dossier. Prends soin de toi, Agathe.

Il s'en va et laisse les effluves de son nouveau parfum traîner au-dessus de ma tête : il sent bon… il est beau.

Je me dégoûte d'avoir de telles pensées.

Je ne peux pas autant me mentir à moi-même : son nouveau look lui va très bien et sa nouvelle vie lui sied à ravir.

Il a l'air heureux, et je crois qu'il l'est vraiment.

Je retrouve un peu du Paco que j'ai connu jeune.

À nos débuts, il était fringant, plein d'assurance et de détermination. Les années avaient gommé ces aspects de son caractère et, visiblement il vient de renouer avec. "Les années"… après mûre réflexion, peut-être est-ce moi qui l'ai rendu ainsi ?

Je me lève et me dirige vers les toilettes.

En ouvrant la porte, je tombe sur un grand miroir : je ne m'y attendais pas.

Le reflet qu'il me renvoie me choque.

J'ai les yeux rouges et bouffis.

Finalement, j'ai pleuré sans m'en rendre compte. Mais ce n'est pas le pire, mes cheveux blonds, que j'avais attachés à la va-vite en queue de cheval, sont gras et des cheveux blancs s'échappent de cette masse jaune luisant pour faire des semblants de frisottis rêches qui s'élèvent vers le plafond.

Je n'ai pas caché mes traits tirés et mes cernes par du maquillage et je porte un vieux jean délavé sans forme ainsi qu'un pull que même une mamie en EHPAD n'aurait pas voulu mettre.

Quel spectacle a-t-on pu offrir dans ce café ?

Paco, frais, dynamique et lumineux face à une quinqua qui fait 10 ans de plus, totalement amorphe et sinistre.

Personne n'y a vu deux personnes du même âge qui ont fait une grande partie de leur chemin de vie ensemble.

Le connard, il a tellement mieux géré ce virage que moi… je le déteste !

Je regarde mon reflet qui menace de s'écrouler à nouveau en sanglots lorsque je comprends que ce n'est pas lui que je déteste, mais moi ou, en tout cas, ce que je suis devenue.

Il faut que je change, il faut que ça change.

Avant l'intervention de Paco, je n'étais pas du tout sûre de moi et j'avais appelé les propriétaires de la maisonnette sur un coup de tête, un peu par défi, sans vraiment prendre cette histoire au sérieux.

Mais, à présent, je me dis que ça se tente, qu'il faut que j'aille la visiter !

Après tout, qu'ai-je à perdre ?

Matériellement, plus rien… humainement… non plus !

Chapitre 10

— Pose le carton ici, mon grand.

Cariel s'exécute tel un parfait déménageur.

Je sais qu'il désapprouve totalement ma décision et que tout ceci lui semble un acte de désespoir profond.

Sa copine m'a même avoué qu'il avait peur que je fasse "une connerie" une fois seule.

Pourtant, mon moral est des plus enjoués depuis que je me suis décidée à sauter le pas.

Bien sûr, j'ai eu, et j'ai encore, des moments de doute, mais ils se produisent le plus souvent lorsque je suis loin de la masure.

La première fois que je l'ai visitée, j'étais avec un des héritiers et je n'ai vu que la végétation luxuriante, vivante et pleine d'énergies sereines.

Ce ne fut qu'au retour, dans le TGV qui me ramenait à mon futur ex-appartement, que j'ai pris conscience de l'état délabré de la maison… si l'on peut appeler ce tas de parpaings, de bois et de torchis, une maison.

Je me suis rendu compte que tout était à refaire !

Mais ai-je vraiment le choix ?

Si j'opte pour un raisonnement purement financier et matériel, en occultant les éléments qui parlent à mon cœur, je ne peux que constater que plus rien ne me retient dans cette ville que j'ai pourtant aimée de tout mon cœur. J'ai adoré l'énergie électrisante des rues commerçantes, les petits parcs nichés entre deux boulevards virevoltants de vie.

Ma ville ne m'avait jamais déçue et je ne m'y suis jamais ennuyée, car j'y avais toujours vu la multitude de possibilités qui s'ouvraient à moi... enfin, à la "moi" d'avant.

Mais, elle ne veut plus de moi, et puis, si je suis honnête, cette vie citadine me fatigue. Elle m'use. Elle me remplit de stress et d'angoisse. Avec elle, je dois constamment aller plus loin, plus haut, plus vite.

Elle m'oblige à sans cesse atteindre des objectifs qui m'échappent inlassablement un peu plus.

Avant, la modernité et l'évolution, telles que ma ville me les présentait, étaient douces, agréables, et elles étaient là pour m'alléger, me distraire et me détendre.

Aujourd'hui, je suis en panique face aux dernières technologies, je m'y sens enfermée, incapable d'en avoir le contrôle. Esclave des injonctions modernes, je m'y plie sans plus jamais me demander si cette évolution est bonne pour moi.

Je me suis tellement coulée dans ma ville, que je m'y suis perdue.

Je suis une parmi tant d'autres et je ne sais plus qui je suis. Alors oui, cette maison est une ruine, mais elle me ressemble.

Ainsi plantée au beau milieu de ce qui devait être la pièce à vivre, j'y perçois tout son potentiel et j'entrevois ce qu'elle a pu être.

Je comprends qu'elle n'arrive plus à évoluer et qu'elle se morfond dans ses vestiges.

Cette maison, c'est moi et je suis elle.

Alors, les gros yeux réprobateurs de mon futur ex-mari, la crainte que je lis dans ceux de mon fils ou la confusion qui émane de ma future belle-fille : je m'en cogne !

Ils font leur vie, leur choix, qui ont l'air de leur convenir, et je fais les miens.

— Tu sais, maman, j'ai peur pour toi.

Avec Cariel, nous sommes assis sur ma nouvelle terrasse.

Côte à côte, nous faisons face à l'immensité de mon "jardin".

Sa copine l'attend dans la voiture. Je comprends qu'ils se sont mis d'accord pour organiser cette dernière tentative de sauvetage avant leur départ.

— Pourquoi, mon lapin ? Tu n'aimes pas la vue ?

Je feins l'ignorance en espérant que cette dernière l'exaspère au point de baisser les bras et de retrouver sa dulcinée.

Mais j'ai peu d'espoir, car un trait de caractère qui définit le mieux mon fils est l'obstination. Lorsque j'étais plus jeune, ma mère m'avait assuré qu'il tenait ça de moi… j'avoue que je cherche encore !

— Maman, je t'en prie, pas avec moi ! Tu trouves ça normal de partir vivre loin de tout et de tout plaquer à plus de 50 ans ? Comment vas-tu faire seule ? Personne ne sera là pour t'aider !

— Cariel, je….

— Personne, tu m'entends ? Personne ! Ni papa ni tes parents ou amis…

Sa voix se brise :

— Même pas moi.

— Cariel, écoute ta mère !

Son attitude me fait l'effet d'un électrochoc.

Je comprends qu'il faut que je reprenne mon rôle maternel que j'avais un peu trop relâché ces derniers temps. Cariel a beau être un jeune homme, il n'en reste pas moins mon enfant et il n'a pas à me parler de la sorte et encore moins à ressentir de telles émotions :

— À partir de maintenant, chacun sa place. Tu n'as pas à me parler ainsi, car tu n'as pas à t'inquiéter pour moi. Ton rôle n'est pas de me protéger. Tu dois vivre ta vie en pensant de temps en temps à moi, mais il est hors de question que je devienne une source d'angoisse pour toi !

Je t'ai eu à 20 ans, je te rappelle ! Avant toi, j'ai survécu, et les 15 premières années de ton existence, j'ai non seulement survécu, mais, en plus, je me suis occupée de toi.

— Oui, mais tu avais papa.

— Mais ça suffit, ce délire de croire qu'une femme est en danger lorsqu'elle n'a pas d'homme dans sa vie ! Je n'ai pas vécu avec ton père toutes ces années dans le seul but d'être protégée !

— Ce n'est pas ça, mais en ville, tu avais la sécurité ! Ici c'est hostile, sauvage et rempli de prédateurs.

— Parce que tu t'imagines qu'en ville, il n'y a pas de prédateurs ? Ils n'ont peut-être pas quatre pattes et une fourrure, mais je peux t'assurer qu'ils peuvent faire autant, si ce n'est plus, de dégâts.

Cariel soupire, il comprend qu'il n'obtiendra pas gain de cause.

— Allez, file ! Ta chérie t'attend !

Je leur fais en revoir de la main, le cœur lourd.

En regardant leur voiture s'éloigner en cahotant sur le chemin de terre, je prends conscience que mon acte vient de me coûter une grande partie de la complicité que j'avais toujours eue avec Cariel.

Je sais que maintenant, ce sera auprès de sa petite amie (et sûrement future femme) qu'il s'épanchera, notamment sur sa douleur d'avoir une mère qui s'est éloignée de tout et donc de lui.

Je me retourne pour puiser un peu de force dans mon panorama.

La nuit est en train de tomber, il ne faut pas que je m'attarde, car bientôt je n'y verrai plus rien.

Je stocke quelques cartons en ressassant la discussion.

Plus la pénombre envahit les lieux, plus les mots de Cariel s'imprègnent en moi. Ils s'infusent et me déstabilisent.

Alors que je ferme à clé ma misérable porte en bois à l'aide de la torche de mon portable, j'entends non loin un hurlement de ce qui me semble être un loup.

Terrifiée, je grimpe dans ma récente acquisition : un 4X4.

Je claque la portière avec force et anxiété.

Cariel a peut-être raison, j'ai complètement perdu la boule et je vais me faire bouffer par les bêtes carnivores avant même d'avoir pris mon premier petit déjeuner sur ma terrasse.

— Ouh, ça n'a pas l'air d'aller bien fort, ma belle ?

— Si, si tout va bien. Un peu fatiguée de cette journée de déménagement. Je monte dans ma chambre.

— Tu ne manges pas ?

— Pas faim. Merci. Bonne nuit, tonton Kuku.

Je trône sur le lit au milieu de la multitude de documents que j'ai étalés frénétiquement.

J'essaie de prendre du recul, d'analyser concrètement la situation et, pour ce faire, il n'y a rien de mieux que des papiers, un bloc vierge et un stylo.

Je retrace le parcours :

— Vente de l'appartement : 100 000 € pour ma part

— licenciement amiable : 50 000 €

Budget pour nouvelle vie : 150 000 €

Je replonge dans les papiers d'acte de vente et me souviens du stress qu'avait été l'achat de la maison lorsque je m'étais rendue en mairie pour demander le cadastre afin de connaître la dimension exacte de mon futur territoire.

Je revois la secrétaire devenir blême lorsque je lui avais annoncé, toute guillerette, que je m'apprêtais à acheter la masure.

Je me rappelle avoir pensé que cette vente était vraiment une bonne affaire, compte tenu de la taille du jardin.

— Vous ne pouvez pas acheter le terrain, madame.

— Euh… pourquoi ? Parce que les héritiers de monsieur Ponce, l'ancien propriétaire de la maison, ont mis une annonce et me l'ont même fait visiter.

— Oui, comme vous dites, Dédé… euh monsieur Ponce était propriétaire de la maison.

— Oui, c'est ce que je dis !

À ce moment-là, une horrible pensée m'avait traversé l'esprit : j'étais persuadée de parler à une attardée et je m'étais dit que, si tous ces culs-terreux étaient aussi "intelligents", je n'allais pas m'y pointer souvent, moi, au village.

— Pardon, je me suis mal exprimée : les héritiers de monsieur Ponce sont bien propriétaires de la maison, mais pas du terrain.

— Ah ! Et à qui appartient le terrain ?

— À la mairie.

La terre s'était effondrée sous mes pieds.

J'avais tout misé sur cette maison ! Je m'y étais projetée et j'avais claqué la porte de l'hôpital avec dédain et snobisme.

J'avais osé faire du chantage à mon supérieur à propos des sextos et j'avais exigé une rupture amiable avec prime en échange de mon silence.

Il ne me reprendrait jamais et, sans travail, impossible de me loger en ville… d'ailleurs, même avec travail, je n'avais pas réussi à trouver un logement décent !

La secrétaire avait perçu mon désarroi :

— Prenez un siège, madame ?

— Pule, Agathe Pule.

— Je peux vous appeler Agathe ? Chez nous, on s'appelle tous par nos prénoms, voire par nos surnoms.

— Faites comme vous voulez, mais visiblement, on ne va pas pouvoir faire plus ample connaissance si je ne peux pas acheter la maison.

— Agathe, voyons, vous partez déjà défaitiste. Racontez-moi votre histoire et on va voir ce que l'on peut en faire.

C'était la première main tendue que j'avais depuis le début de mes galères.

Totalement sous le choc, je lui avais tout balancé pêle-mêle.

Une fois mon sac vidé, la secrétaire s'était levée et avait repris sa place derrière son vieux comptoir des années 70 :

— Allez, zou ! Rendez-vous demain, avec Patou… euh, le maire. A demain, 9 heures !

Et elle n'avait plus relevé le nez de son écran.

Dépitée, j'étais retournée chez tonton Kuku qui avait eu la gentillesse de m'héberger le temps de ma visite.

— Ça t'embête si je reste un peu plus longtemps ?

— Non.

Voilà, c'est ainsi que j'avais élu domicile temporairement chez tonton Kuku.

Le lendemain, 9 heures pétantes, je trépignais devant la mairie.

Je n'avais pas réussi à fermer l'œil de la nuit et c'était un homme à l'aspect rustre que j'avais vu déambuler avec force dans la "grande rue" composée d'une petite dizaine de maisons de village.

Il s'était approché et m'avait tendu une pogne carrée, massive et rêche :

— Pat… enfin, monsieur le maire.

Je n'avais pas eu le temps de me présenter qu'il s'était engouffré dans la mairie.

C'était ridicule de vouloir me présenter, il connaissait tous les administrés de sa commune et sa secrétaire avait dû s'entretenir avec lui la veille.

Il s'était penché vers le comptoir et avait fait la bise à la secrétaire :

— T'as bien dormi ? Et Paulo, ça donne quoi sa jambe ?

La secrétaire avait fait une sorte de grimace et le maire avait répondu par des grognements tout en se dirigeant dans son bureau.

J'étais restée plantée sur le pas de la porte sans savoir quoi faire.

— Avancez-vous, Agathe. Il est rustre, mais il ne mord pas lorsqu'il a bien petit-déjeuné. N'est-ce pas, mon frère ?

La secrétaire/sœur m'avait fait un clin d'œil qui m'avait quelque peu rassurée.

J'étais perturbée par leur attitude ambiguë.

D'un côté, ils étaient extrêmement avares en gestes et en paroles, alors que leurs actions démontraient une sensibilité de l'autre et un souci du bien-être de son prochain.

Une fois que je fus installée face au colosse bourru, la secrétaire nous servit deux tasses fumantes de café sans nous demander si nous en voulions.

Le nez plongé dans ses dossiers, le maire avait mis plusieurs minutes à relever la tête pour entamer une conversation avec moi.

— Bon, on peut dire que Dédé nous a foutu un sacré merdier ! Aucun texte de loi ne prévoit ce cas ! Il faut dire que, quand Dédé a emménagé, c'était sûrement Maurice le maire à l'époque… et Maurice, il préférait passer son temps au bistrot avec les élus qu'en conseil municipal !

Son rire grave et sonore avait résonné, tandis que celui de sa sœur, plus aigu, lui avait fait écho dans la pièce voisine.

Moi, je n'avais aucunement envie de me marrer !

Mon avenir ne tenait plus qu'à un fil et encore, à voir le comportement du maire qui semblait prendre mes problèmes à la légère, mon futur commençait à se dessiner sous les ponts.

À cette pensée, je m'étais mise à pleurer bien malgré moi. Mais je n'en pouvais plus et je ne voyais plus le bout de cet enfer dans lequel je m'enfonçais depuis plusieurs mois.

— Ah ben non, alors ! Faut pas réagir comme ça ! Faut être plus dure si vous voulez tenir dans notre région ! Surtout si vous faites l'ermite, comme Dédé !

Le maire avait sincèrement eu l'air peiné de me voir dans cet état. Troublée, je n'étais pas sûre d'avoir compris ce qu'il disait :

— Comment ça ? En ermite, comme Dédé ?

— C'est pas vous qui voulez vivre dans sa cahute ?

— Si, bien sûr que si, mais c'est impossible si le terrain est municipal.

— Un bon accord est toujours possible !

— C'est-à-dire ?

J'avais tellement été échaudée par les agents immobiliers machos et mon chef libidineux que son "accord" m'avait fait peur et, visiblement mon visage l'avait bien exprimé, car le maire s'était aussitôt repris :

— En tout bien tout honneur, Agathe. Pas de ça chez nous !

— En quoi consiste l'accord, alors ?

— Je ne peux pas vous vendre le terrain, car il est immense et la commune ne peut pas se délester d'autant de terre. De plus, je ne pense pas que vous pourriez vous le payer, mais je ne veux pas non plus salir la mémoire de Dédé qui a sué sang et eau pour maintenir son petit paradis et le léguer à ses gamins.

Donc, je propose : vous achetez la cabane et vous donnez l'argent aux gosses de Dédé. Concernant le terrain, il nous faut tout de même un papier qui vous protège et qui nous couvre aussi en cas de problème.

Une sorte de bail à un euro symbolique qui dit que la mairie vous autorise à vivre sur ces terres et à les cultiver jusqu'à ce que vous nous donniez votre congé ou jusqu'à…

— Jusqu'à ma mort ?

— Voilà ! Par contre, impossible de construire plus que la cabane ! Vous pouvez bien sûr la rénover et mettre des

installations plus modernes, mais pas une dalle de plus !
Est-ce que ça vous irait ?

— Comment pouvez-vous me poser la question ?

La maire avait blêmi face à ma réponse.

— J'ai une question, moi aussi.

— Je vous écoute.

— Je signe où ?

Chapitre 11

— Bon, et bien nous y voilà !

— Qui ça, "nous" ? Toi et ton ego ? demande Nala, amusée.

Cette question me fait prendre conscience que bientôt, je serai seule.

Un frisson me parcourt le dos, mais je refuse de céder à la nervosité face à l'inconnu.

Et puis, il faut bien l'avouer, ce qui était au départ un saut dans un futur nébuleux s'est progressivement transformé en un présent que j'apprivoise pas à pas.

Assise sur ma terrasse, à siroter mon café face au soleil couchant, je me dis que je vois le bout de cette périlleuse aventure. Car la vente de l'appartement, la signature de la maison ainsi que celle du bail symbolique du terrain avec la mairie n'avait été que le "top départ" d'une course folle.

Je me souviens du soulagement que j'avais ressenti lorsque j'avais triomphalement brandi, devant tonton Kuku, les papiers prouvant que j'avais enfin mon propre domicile.

— C'est bien, avait juste dit tonton Kuku, sans animosité ni joie.

— Et… c'est tout ? Je sais que vous n'êtes pas le plus expressif du village, mais quand même ! J'ai réussi ! C'est la fin du calvaire, quoi !

L'homme s'était assis face à moi et m'avait fixé de ses yeux perçants.

Tout mon enthousiasme avait fondu, et je me tenais telle une écolière face à son professeur.

—Je te l'ai dit : c'est bien. Maintenant, si tu penses que c'est la fin… tu te trompes. Il n'y a jamais de fin.

— C'est quand même la fin de mes galères, tonton Kuku, avais-je osé répondre en minaudant.

Cela avait eu pour effet de faire rire très sincèrement l'homme, qui, pourtant n'est pas le premier à s'esclaffer.

— C'est pour ça qu'avec Nala, je vous appelle les gamines ! Vous êtes aussi naïves que des nouveau-nés. Tu t'imagines que, maintenant que tu as la maison de Dédé, les contrariétés sont finies ? Alors, oui, je pense que tu en as terminé avec les papiers, parce que, par chez nous, nous ne sommes pas très paperasses et la parole est encore sacrée dans nos montagnes, mais le "calvaire", comme tu dis, a plusieurs formes.

Je m'étais liquéfiée sur place. Je n'étais pas parvenue à comprendre ce qu'il m'expliquait.

C'était la première fois que je l'entendais parler autant et surtout aussi sérieusement.

Voyant mon désarroi, il avait pris la peine de préciser :

— Écoute ma grande, la vie est remplie de "calvaires", c'est ainsi qu'elle est et, tant que ton cœur battra, il te faudra les affronter. Juste pour que tu comprennes : tu vas y vivre ce soir dans ta maison ?

À cette question, le souvenir du misérable cabanon s'était rappelé à moi. J'y voyais parfaitement la toiture affaissée et tout aussi percée de trous que les murs en torchis, sans parler du plancher, si l'on pouvait nommer cet amas de planches fixées par des cordes reliées les unes aux autres.

Non, je ne pouvais pas y dormir ce soir… et je ne pourrai peut-être jamais.

Comment retaper une maison lorsque sa seule expérience en BTP se résume à repeindre tous les cinq ans le placo de son appartement ?

Tonton Kuku avait vu ma prise de conscience :

— Te fais pas de mauvais sang, gamine ! Tu viens juste de découvrir ton nouveau "calvaire". La bonne nouvelle, c'est que tu n'es pas seule.

— C'est gentil, mais sans vouloir vous vexer, je ne vois pas comment à nous deux on va réussir à venir à bout de ces travaux titanesques.

De nouveau, l'homme avait enveloppé la pièce de son rire sonore et grave.

— Comme un nouveau-né, je disais ! Tu as besoin d'ouvriers, des vrais qui connaissent le métier, si tu ne veux pas vivre dans la cabane des trois petits cochons. Et puis, je sais que tu es dans ton fantasme de "La petite maison dans la prairie", mais je ne suis pas sûr que tu apprécies longtemps de laver tes culottes au lavoir devant tout le monde sous moins quinze degrés ! Il va falloir lui redonner un coup de jeune pour que la cahute de Dédé accueille bébé Agathe !

J'avais aimé cette dernière phrase : je ne vivais pas une nouvelle vie, c'était moi qui faisais peau neuve.

Et ma première leçon était d'admettre que la vie de "La petite maison dans la prairie" n'existait pas. Dans l'expression "les aléas de la vie", il y avait le mot "vie". Tonton Kuku avait raison : la vie est remplie de "calvaires", à moi de décider si je me ronge les sangs à chaque embûche sur mon chemin, ou si j'accepte de relever le défi.

C'était dans cet état d'esprit que j'avais entamé la phase "travaux".

Je n'avais pas demandé à mon logeur si je pouvais rester chez lui le temps des travaux. Je pense qu'il se serait vexé, car, tant que ma maison n'était pas habitable, il était évident qu'il me gardait sous son aile. Je m'étais attendue à ce qu'il prenne les choses en main et qu'il appelle ses amis artisans, prenant le temps de me consulter uniquement pour la couleur des murs ou l'emplacement de la machine à laver. Mais rapidement, j'avais dû me rendre à l'évidence : la participation de tonton Kuku dans cette affaire s'était limitée à nos conversations, au gîte et au couvert. Pas plus, pas moins… Mais c'était déjà exceptionnel.

Et puis, une fois ma désillusion passée, j'avais compris qu'en agissant de la sorte, l'homme m'avait laissé "maître" de la situation et décisionnaire de ma vie.

C'est donc avec l'aide de la secrétaire de mairie, Zaza, que j'avais entrepris de monter une équipe de choc me sentant l'âme d'un chef de chantier.

La leçon de tonton Kuku concernant les "calvaires" m'a été très (trop) souvent nécessaire.

Je ne compte plus le nombre de fois où j'ai serré les dents et arboré mon plus beau sourire lorsque les ouvriers m'annonçaient un retard dû à une malfaçon, un souci technique ou encore à la météo.

Je pense avoir cumulé toutes les galères de la construction, même les plus inimaginables, comme cette fois où nous avions dû attendre pour refaire le conduit de la cheminée, car un oiseau protégé y avait fait son nid. Par chance, le volatile ne faisait pas partie des espèces qui retournent à leur nid tous les ans.

Bref, pour faire court : aucun délai n'avait été respecté.

Si bien que j'avais pu déballer mes cartons au printemps, soit 6 mois après la date annoncée.

Mais j'avais décidé de prendre les choses du bon côté : j'emménageais à la plus belle des périodes et la colocation avec tonton Kuku avait été douce et aisée.

Avec le recul, je m'aperçois que toutes ces galères m'ont permis d'arriver à ce timing parfait.

Si j'avais pu vivre dans ma maison aussitôt la vente de mon appartement, comme je l'avais envisagé, je me serais retrouvée seule, passant de l'environnement animé et bruyant de la ville à un univers où l'existence de l'homme ne s'entend pas. En une journée, j'aurais troqué mes amis et mes collègues en échange des plantes, insectes et animaux qui ne sociabilisent pas avec une humaine.

Mon confort citadin aurait mué trop brutalement en un lieu chichement meublé où tout se mérite.

Finalement, j'ai envie d'ajouter une petite phrase à la leçon de tonton Kuku : la vie est truffée de "calvaires", c'est ainsi qu'elle est et, tant que ton cœur battra, il te faudra les affronter. Mais ces "calvaires" existent peut-être pour que tu cesses de vouloir tout gérer et que tu laisses la vie te prendre par la main pour t'emmener là où tu dois être.

— T'es bien pensive ce soir, ma belle.

Nala, qui vit toujours en ville, n'a pas l'habitude de ces longs moments de silence que tonton Kuku m'a enseigné et elle a besoin de remplir l'espace de mots et de gestes superflus.

Reconnaissante de sa présence pour ma première nuit dans ma cabane, je décide de donner le change et de renouer avec mes anciennes pratiques.

Je prends une voix grave :

— Ben alors les gamines, le soleil se couche ! Qu'est-ce que vous foutez debout à caqueter comme des poules ? Je vais encore avoir un mal de chien à vous lever demain !

Ma très mauvaise imitation de son oncle, ou le souvenir de notre improbable randonnée, entraîne un fou rire chez Nala.

Je suis contaminée par sa gaieté communicative.

À travers nos larmes de joie, je vois une nuée d'oiseaux s'éloigner des humains trop bruyants que nous sommes. Doucement, ils s'effacent dans les nuances rouges du soleil qui décline.

Chapitre 12

Nala vient de partir, demain, elle retourne au travail. Elle dit me jalouser, mais je sens qu'elle est heureuse de retrouver sa vie de citadine.

Et étrangement, je l'envie aussi.

Je sais déjà de quoi seront faites ses journées, où elle va aller, avec qui elle va parler. Ce sera éreintant, mais elle aura l'impression d'avoir fait quelque chose. Elle aura travaillé du mieux qu'elle le peut, elle aura échangé avec plus de vingt personnes avec certitude et, le soir, lovée dans son canapé devant une série, elle appréciera son temps de repos bien mérité.

Nala a des buts à atteindre. Moi, maintenant que ma maison est habitable, je n'ai plus rien à faire.

Je suis assise sur mon lit et j'observe ma cabane comme si je ne l'avais pas vraiment regardée. Étonnamment, je la trouve différente maintenant que je suis seule. Avec le chef de chantier, je parcourais les travaux, avec Nala, je regardais comment me servir de mes nouveaux ustensiles. Mais à présent, je l'admire dans son entièreté.

Je capte les sons et les odeurs.

Au-delà des chants d'oiseaux et des effluves de peinture fraîche, je perçois les légers craquements que fait le bois de la charpente alors que le vent s'engouffre sous les tuiles.

Le parfum du romarin parvient à se faufiler jusqu'à mes narines ainsi que d'autres mélanges aromatiques que je ne réussis pas à identifier.

Ce petit espace, qui est mon nouveau chez moi, est si modeste que je peux en faire le tour d'horizon en restant sur mon lit.

Face à ce dernier se trouve ma bibliothèque, chargée de tous les livres qui ont marqué ma vie… enfin, pas tous, mais les plus importants.

À ma gauche, devant une baie vitrée, j'ai installé un bureau qui me permet de vérifier mes mails tout en demeurant immergée dans mon paradis vert.

Au milieu de la pièce trônent une table ronde et quatre chaises. Ce chiffre a été réfléchi pour pouvoir accueillir mon fils avec sa copine et Nala ou tonton Kuku (même si je sais qu'il ne viendra sûrement jamais chez moi, mais que sa porte me sera toujours ouverte).

J'ai opté pour une cuisine simple, mais fonctionnelle. Ainsi, l'évier rustique est encastré dans un plan de travail en pierre de la région. Elle contient tout de même une plaque de cuisson au gaz, mais la pépite se trouve juste à côté du garde-manger. Il s'agit d'un magnifique poêle en fonte qui a plus de cent ans.

Il était déjà là lorsque j'ai pris possession des lieux.

Les héritiers de Dédé n'avaient même pas pris la peine de vider la cabane qui était un véritable capharnaüm.

J'avais été gênée de mettre à la déchèterie la vie de Dédé sans y jeter un coup d'œil. Par respect, j'avais décidé de faire un tri.

Pratiquement tout était parti à la poubelle, mais, dans le lot j'avais gardé le fameux poêle avec des cocottes en fonte, ainsi que les étagères, quelques livres et une multitude d'outils divers et variés.

Dédé stockait tout dans sa cabane, par conséquent, posée juste à côté d'une sorte de cuve qui devait lui servir d'évier, de lavabo et de douche, j'avais retrouvé une pelle pleine de terre !

Cette exploration m'avait aidé à comprendre mes besoins. Pour éviter de dormir avec mon motoculteur, j'ai fait faire une remise accolée à la maisonnette qui a accueilli tous les outils, mais aussi les batteries et le système de la pompe qui puise l'eau du puits.

Grâce à Cariel et à ses connaissances plus étendues que les miennes en écologie, j'ai fait installer des panneaux photovoltaïques avec des batteries pour faire fonctionner mes trois lampes, ma machine à laver, ainsi que trois prises pour recharger téléphone et ordinateur portable.

Au début des travaux, je me suis retrouvée confrontée à la réalité de ce qu'allait devenir ma vie dans cette cabane et les mots de tonton Kuku, du maire ou de la secrétaire avaient résonné :" Vivre en ermite, comme Dédé".

L'image d'une masure rustique, inconfortable, et sans modernité m'avait sauté aux yeux.

Certes, j'avais bien entamé la dizaine qui se trouve dans la cinquantaine et je ne faisais pas partie de ces générations qui sont nées avec un portable greffé à la main. Mon enfance avait été remplie de divertissements bien réels, accompagnés de gens à qui je n'avais pas eu à demander d'être mon "ami" sur les réseaux sociaux. Mais, comme toutes les générations, celles d'avant et celle d'après, je m'étais prise au jeu des partages de vies et des vidéos, plus absurdes les unes que les autres, mais que je regardais pourtant avec beaucoup d'intérêt comme s'il s'agissait de sujets passionnants.

Bref, j'avais besoin d'avoir une connexion internet !

Lorsque j'en avais parlé à Cariel, il m'avait lancé un de ses regards réprobateurs qu'il me faisait de plus en plus souvent. Quand il agissait de la sorte, j'avais l'impression que nos rôles s'inversaient. Maintenant que mon garçon était adulte, il croyait tout maîtriser, ou du moins plus que sa mère, et cela m'affligeait.

Fréquemment, je me surprenais à penser que la vie allait s'occuper de lui et que des leçons plus ou moins rudes lui apprendraient le véritable savoir, mais, aussitôt, je me censurais à l'idée de savoir mon fils malheureux et perdu à cause de la dureté de la vie.

Il n'y a pas plus bipolaire qu'une mère !

Finalement, pour l'amadouer, j'avais pris comme excuse le fait qu'il fallait bien que je puisse déclarer mes impôts ainsi que gérer mes comptes bancaires.

Cet argument avait fait mouche, car il avait ajouté :

— C'est vrai, mais tu oublies France Travail ! Tu dois pointer tous les mois sur leur site si tu veux rester demandeur d'emploi et percevoir l'indemnité le temps que… que tu…

Il n'avait pas fini sa phrase, mais je savais qu'il voulait dire : "le temps que tu reviennes à la raison".

J'avais acquiescé, et j'avais lu sur son visage du soulagement. Mon grand garçon pense que sa mère fait une crise existentielle et je ne veux pas le perturber en le contrariant, car il joue à l'adulte, mais je sais qu'il est encore fragile et qu'un rien peut le ravager.

Il était évident que je n'allais pas pointer sur ce site, pour au moins deux raisons. La première est, je l'avoue, stupide, mais j'y tiens, car c'est une question de principe ! Je n'ai jamais été au chômage, et j'ai été élevée dans l'idée que le fait d'être demandeur d'emploi était négatif.

Mais la vie m'a appris que ce principe est totalement ridicule et qu'un statut ne définit en rien qui nous sommes. De plus, si un tel système de solidarité existe, il est complètement absurde de le rejeter lorsque l'on en a besoin. Il peut aussi aider à laisser du temps pour se trouver, se retourner et se questionner sur nos véritables envies de carrière. Toute ma vie, j'ai vu des gens le faire, mais moi, je m'y suis toujours refusée et voilà où je me trouve : 50 ans, burn-out, nid vide, divorce… ermite.

La deuxième motivation est un raisonnement éthique : je me retrouve seule dans cette cabane perdue au milieu de nulle part à cause du rejet de la société.

Quand j'avais le plus besoin d'elle, elle m'avait fermé toutes les portes. Je pensais avoir été parfaite toute ma vie : bonne épouse, bonne mère, bonne salariée, bonne citoyenne. Et voilà que je me retrouvais parmi les parias !

On m'avait reléguée au même rang qu'un individu qui avait toujours enfreint les règles, qui ne s'était jamais soucié de la collectivité.

J'avais cinquante ans et plus d'enfant à charge, j'avais une carrière modeste et j'étais divorcée. Je ne représentais plus un atout, j'étais devenu un poids dont personne n'a su que faire.

Alors, la société ne veut plus de moi ? Et bien, je ne veux plus d'elle ! Et je refuse que l'on me taxe de profiteuse, car il est facile de critiquer un système, d'en rejeter les aspects qui ne nous conviennent plus, tout en gardant égoïstement les avantages.

La tête haute, je survivrai sans toi, société qui m'a recrachée lorsque je n'ai plus été un de tes rouages au fonctionnement impeccable.

Une goutte d'eau s'échappant d'un robinet me fait revenir à l'observation de ma cabane.
Je tourne la tête vers la salle de bains.

Comme je n'avais pas le droit de faire une dalle de plus, j'ai pris un peu de l'espace dans ma pièce à vivre pour cloisonner une petite salle de bain avec un lavabo et une douche.

Avec l'aide des artisans, nous avons percé une ouverture dans cette mini salle de bain pour avoir un accès aux toilettes sèches.

Je souhaitais éviter de gaspiller ma réserve d'eau, mais je n'avais pas envie de courir des mètres entiers, en pyjama, en pleine nuit, dans la nature, sous moins quinze, pour un simple pipi.

Mes toilettes sèches sont donc isolées, mais accessibles depuis ma cabane.

Le sol a été refait dans les règles de l'art et recouvert d'un parquet rustique.

Pour donner un peu de chaleur, un patchwork de tapis jonche le sol.

Je n'ai pas voulu de fenêtres et j'ai opté pour des baies vitrées. Ainsi, la lumière naturelle pénètre parfaitement tout l'espace et, surtout, je me sens totalement immergée dans "mon" jardin, car c'est lui qui m'a fait venir ici. La cabane est devenue un charmant endroit où je m'imagine me lover pendant les longues soirées d'hiver, mais ma raison d'être là ne réside en aucun cas entre ses quatre murs.

Je me lève de mon lit et me dirige vers la baie vitrée qui se trouve au niveau de la terrasse. J'ouvre en grand et un sourire de satisfaction se dessine sur mon visage éreinté par ces derniers mois de dur labeur.

En posant le regard sur toute cette végétation, j'ai la sensation que le plus rude est derrière moi. Je me surprends à penser que tout est fait et que je n'ai plus de plans, de projets ou d'obligations. Finalement, tout est derrière moi.

L'euphorie du début laisse place à l'angoisse du vide, du néant, du manque d'objectifs.

Je me déteste lorsque je réfléchis de la sorte.

Tout le temps où je suis dans la tempête des projets et dans les actions, je ne cesse de tenir bon et maintenir le cap en pensant à l'après, à la tranquillité, mais lorsque ce moment arrive, je me sens vide. L'absence de sens et de directives m'angoisse.

Mais cette fois-ci, je ne vais pas me laisser faire ! J'ai fait un choix, celui de laisser derrière moi le rythme fou de la ville pour me laisser bercer pour celui plus lent, plus calme de la campagne.

Derrière moi, la société d'injonctions, devant, la nature suggestive.

Après avoir tout passé en revue, je comprends que ma cabane n'a pas besoin de moi.

Je décide d'aller voir en détail ce que me réserve le jardin.

Chapitre 13

Voici déjà plusieurs mois que j'ai posé mes cartons dans ma cabane.

Lorsque je repense à ma peur de me retrouver sans rien faire, je souris face à ma naïveté.

Je suis en train de charger mon 4X4, car aujourd'hui, pour la première fois de ma vie, je vais au marché… côté exposants.

Le petit carré de potager que m'a laissé Dédé était dans un sale état, à l'abandon, mais, grâce aux tutos, aux livres glanés sur internet ou à la bibliothèque, j'ai pu faire pas mal de semis et de plantations. Et me voici donc en route pour vendre mon excédent de betteraves, carottes, choux pommés, courgettes, laitues, poireaux et potirons. J'ai aussi quelques framboises sauvages ainsi que des poires.

Le village dont je dépends est trop isolé pour avoir un marché régulier, alors, sur les conseils de la secrétaire Zaza, je me suis inscrite au marché du bourg le plus proche.

Il est six heures lorsque je serre le frein à main de mon véhicule. Je me suis garée près de la place que vient de m'indiquer un vieillard.

Je sors de mon 4X4 et je m'aperçois que l'homme est toujours là, visiblement il m'attend. Il me tend la main.

Je m'élance vers lui et lui serre chaleureusement la pogne :

— Merci, beaucoup ! Je m'appelle Agathe et vous ?

Le vieillard me dévisage, hagard. Il marmonne de sa voix rauque des mots que je ne saisis pas, mais à l'intonation, je comprends qu'il n'est pas content.

Il arrache sa main de la mienne et part en râlant.

Main droite dégantée, ahurie, je le regarde claudiquer vers un autre stand.

J'entends un rire sonore juste derrière moi.

Un homme d'une quarantaine d'années m'observe, hilare.

Je fronce les sourcils et commence à vider l'arrière de mon véhicule sans prêter attention à ce drôle de phénomène.

Le railleur essuie ses larmes et s'approche de moi :

— Excusez-moi, mais de bon matin, je ne m'attendais pas à une telle scène ! Matias.

Il me tend une main carrée et rêche. Il me gratifie d'un large sourire solaire et communicatif.

Je baisse mes défenses et décide de répondre à sa poignée de main en lui indiquant mon prénom à mon tour.

— Il lui a pris quoi, au monsieur ?

— C'est le placeur du marché.

— C'est quoi, un placeur ? Et pourquoi il avait l'air mécontent ? Je ne suis pas à la bonne place ?

Mon ignorance fait sourire Matias, mais je note qu'il se retient de laisser s'échapper un de ses fous rires sonores.

— Ce vieil homme est placeur depuis plus de soixante-dix ans. La légende raconte qu'il aurait commencé à l'âge de dix ans. C'est lui qui donne les emplacements aux commerçants afin d'éviter des histoires.

— Pourquoi ? Comment peut-il y avoir des histoires à cause des places ?

— On voit que c'est votre premier jour de marché, vous ! Toutes les places ne se valent pas ! Et des exposants pourraient facilement en venir aux mains si le placeur n'y mettait pas un peu d'ordre.

— Ok, je comprends mieux ! Mais pourquoi il a râlé après moi ? Je n'ai rien dit, moi, je suis à la place qu'il m'a assignée et je l'ai même remercié !

— Il attendait un petit billet. C'est ainsi qu'il arrondit ses fins de mois. Si vous voulez un conseil : courez-lui après, présentez-lui vos plus plates excuses et glissez-lui un biffeton de cinquante. Ça vous évitera, la semaine prochaine, de vous retrouver derrière le lavoir, là où aucun client ne va.

Cinquante euros ! Il se gratte pas, lui !

Matias voit que j'hésite :

— C'est un investissement. Si vous restez ici, vos cinquante euros seront vite rentabilisés.

— C'est un bon emplacement ?

— Il y en a des mieux, mais à côté de moi, vous êtes à la meilleure des places.

Je suis dubitative face à son comportement et je trouve même que mon cher voisin a un peu le melon. Son clin d'œil achève mes hésitations à son sujet : aucun doute, Matias est un dragueur lourd et prétentieux.

J'applique tout de même son conseil en courant derrière le vieux placeur qui m'arrache "son" billet sans un mot.

Le jour se lève lorsque j'ai enfin terminé de tout poser sur mon stand. Je suis frigorifiée et déjà épuisée par cette mise en place.

— Prête ?

Matias est installé depuis plus d'un quart d'heure, alors que son étal est beaucoup plus grand et élaboré que le mien. Il vend, lui aussi, des fruits et légumes, mais également des fromages, de la charcuterie et quelques articles artisanaux. Les premiers clients se pressent devant leurs commerçants habituels. J'entends les bises qui claquent, les fameux "Fait pas chaud ce matin !" ou " Tu me mets comme d'habitude ?" et surtout "Allez, à la semaine prochaine ! Le bonjour à la famille!".

Ces clients-là ne flânent pas. Ils savent où ils vont et n'adressent pas un regard à mon stand.

Matias se fond parfaitement dans le décor, jouant les mêmes pratiques que ses collègues. Le ballet d'habitués se déplace rapidement et retourne vite à la maison près du feu.

Visiblement, ma déception ne passe pas inaperçue :

— Vous faites pas de mouron. Les autres vont arriver vers dix heures et, eux, ils sont plus curieux et férus de nouveautés.

Le bistrot du coin vient d'allumer ses lumières.

— Vous pouvez tenir mon stand deux minutes ?

Matias part en courant vers le café et me laisse seule, tétanisée face à sa demande.

Par chance, aucun habitué ne se présente devant l'étal de Matias pendant ce laps de temps.

Il revient avec deux gobelets et m'en tend un :

— Café long avec un peu de lait.

Je prends la boisson chaude qui déjà me réchauffe les mains sans même parvenir à le remercier tant son attitude me surprend.

Vu de l'extérieur, un inconnu penserait que nous nous connaissons depuis des années. Matias me parle avec facilité et il me fait assez confiance pour me laisser seule à un stand qui doit valoir plusieurs centaines d'euros.

Alors que j'observe le ballet incessant de clients qui se pressent vers Matias, je ne me rends pas compte que les allées se remplissent petit à petit de badauds qui se promènent en jetant des regards, encore pleins de sommeil, sur les étals brillants grâce au timide soleil de fin de belle saison.

Je m'aperçois que Matias parle de plus en plus fort. Il rit, raconte des blagues et fait des effets d'annonces.

Ce ne sont plus des clients, mais des spectateurs qui se pâment et se gaussent devant le formidable orateur qui se tient fièrement derrière ses produits locaux.

— Désolée, madame, on a plus de courgettes… dévalisées ! Mais regardez : ma merveilleuse voisine en a encore, quelle veinarde vous faites là ! Agathe est votre sauveuse ! Dépêchez-vous d'aller en prendre avant qu'il ne soit trop tard !

C'est ainsi que ma première cliente, une femme de plus de quatre-vingts ans est venue se précipiter sur ma petite réserve de courgettes.

Au début, j'avais cru à un heureux hasard, mais rapidement, je me suis mise à douter de la véracité des fameuses ruptures de stock de Matias.

Étonnamment, son immense stand était à sec de pratiquement tous les fruits et légumes que je vendais !

Matias a joué à ce petit jeu toute la matinée.

Pendant plus de trois heures, les clients ont fait la queue chez lui et ont presque tous terminé leurs emplettes chez moi.

À treize heures, je n'avais plus rien !

Matias se penche vers mon étale vide :

— Ça tombe bien, le marché est fini ! Ça vous fera ça en moins à recharger dans votre 4X4.

Me sentant extrêmement redevable, j'entreprends de ranger son stand en agissant de la même façon que lui, c'est à dire : sans lui demander sa permission pour l'aider.

Alors que j'ai les bras remplis de ses cagettes de courgettes, de carottes et de choux, je le questionne :

— En rupture, hein ?

Un sourire empli de timidité se dessine sur son visage sans qu'il me regarde. Je ressens qu'à cet instant l'iceberg qui me sert de cœur depuis mon divorce se met un tout petit peu à fondre.

Je décide de changer de sujet :

— Mais dites-moi, vous faites quoi dans la vie pour vendre à la fois des légumes, mais également des fromages et tout le reste ?

— Moi ? Je suis agriculteur.

— Et les agriculteurs, ça fait aussi des cendriers en rotin ?

Mon trait d'esprit à l'air de lui plaire, car il me sourit en me répondant :

— Ça, c'est Aurore qui les fabrique. Pour la charcut' c'est Gauthier, les fromages Céline et Stéphane et moi, les fruits et légumes avec Lulu, Annabelle et Alex. Nous sommes une coopérative.

Mon visage montre très distinctement que je ne sais pas vraiment ce qu'est une coopérative. Matias pose la dernière cagette dans son trafic et me propose :

— Je vous explique tout ça devant un café ?

J'acquiesce, trop heureuse de pouvoir m'asseoir et enfin me détendre à une terrasse.

Alors que nous nous dirigeons vers le bar, Matias se tourne vers moi :

— Et puis, on va peut-être arrêter de faire semblant : on se dit tu !

Chapitre 14

— Alors, c'est le grand amour ?

Nala a les yeux qui brillent lorsqu'elle me pose la question. Et j'avoue que j'ai du mal à réprimer le sourire qui se dessine sur mes lèvres en guise de réponse.

— Tout de suite les grands mots ! Tu sais, j'ai passé l'âge…

— Baliverne ! En amour, on a seize ans toute sa vie !

Les papillons qui me chatouillent le ventre chaque fois que je pense à Matias ne peuvent que donner raison à Nala. Et puis, elle me connaît trop bien pour que je continue à jouer le rôle de la femme mûre, détachée de toute passion, imprégnée d'une relation adulte et responsable.

Depuis l'arrivée de Matias dans ma vie, j'ai l'impression de repartir de zéro et de laisser mon passé derrière moi, comme un souvenir lointain et irréel.

Lorsque je repense à mon travail à l'hôpital ou à ma vie citadine ou même à mon ex-mari, j'ai la sensation que c'est une autre Agathe qui a vécu ça.

D'ailleurs, il y a un peu de vrai là-dedans, car mon changement de vie a eu pour conséquence de métamorphoser mon physique.

Pour commencer, je ne me maquille plus du tout. Au début, ma peau me l'a fait payer en devenant par endroit terne tandis que d'autres zones luisaient horriblement. J'ai même eu des boutons, comme lors de mon adolescence !

J'ai arrêté mon " balayage coup de soleil", que je réalisais, officiellement, pour illuminer ma chevelure blonde, mais qui était un subterfuge pour camoufler mes cheveux blancs.

Mon petit carré droit très ordonné a laissé place à une longueur au style très approximatif qui est souvent ramenée en un chignon farfelu.

Mais, maintenant, lorsque je regarde ce nouveau reflet dans le miroir, je vois un teint rayonnant de santé, exempt de toute trace chimique. Les rides qui se dessinent un peu partout sur mon visage me semblent adoucies, apaisées, car elles ne sont plus masquées, agressées, chaque matin. Un joyeux mélange de blond et de blanc donne de la brillance à ma nouvelle tignasse qui est plus épaisse depuis que je la laisse tranquille.

Mon corps a changé, également.

Mon IMC avait toujours été dans la norme, même si, souvent je flirtais dangereusement avec la zone de surpoids. Mes régimes alimentaires me faisaient faire un yoyo permanent ayant pour conséquence une penderie allant du 38 au 44.

Après 45 ans, j'avais commencé à avoir du mal à reperdre les trois à quatre kilos qui se promenaient au gré de mes fringales. Mes amies m'avaient rassuré en me disant que c'était le lot de toutes : la ménopause, le stress et une activité physique plus calme n'étaient pas des alliés minceur, mais le lot de toutes les femmes de 45 ans et plus. Les antidépresseurs avaient aidé mes kilos superflus à s'installer pour de bon.

Je tentais de maintenir ce nouveau poids, cette nouvelle silhouette de quinqua qui ne me plaisait pas, mais qui visiblement était à prendre avec ma nouvelle dizaine.

Je n'ai sincèrement pas l'impression d'avoir fait des efforts pour avoir l'apparence que j'observe chaque matin depuis plusieurs mois. À présent, je suis sèche, musclée et tonique. Même à 20 ans, je n'étais pas comme ça ! Je me suis toujours trouvée pulpeuse et toute en rondeur. Aujourd'hui, j'ai le corps d'une athlète et j'avoue ne pas comprendre.

Lorsque je fais part à Nala de ce mystère, elle me répond :

— T'es gentille, Agathe, mais des fois, t'es un peu… naïve.

— Comment ça ? Tu penses que ce sont mes… parties de jambes en l'air avec Matias qui ont sculpté ce nouveau corps ?

Nala en recrache son café :

— Depuis quand tu dis "partie de jambes en l'air", toi ?

— Depuis que j'en fais, pardi !

— Il te fait vraiment du bien, ce gars ! Mais ce n'est pas que ça… d'ailleurs, je pense que c'est un détail. Il y a plusieurs facteurs qui sont responsables de ton nouveau physique.

— Je vous écoute, docteur Nala. Donnez-moi le diagnostic sans prendre de pincettes. Je suis assez forte pour encaisser la vérité.

— Mais que t'es con quand tu t'y mets ! Bon sérieusement, il y a la base : ton alimentation. Depuis que tu es à la campagne et que tu produis tes propres fruits et légumes, tu te retrouves avec une profusion de courgettes, haricots verts et choux dont tu ne sais que faire, alors tu manges beaucoup plus de légumes et moins de cochonneries qu'avant. C'était quand ton dernier plat préparé, ton dernier burger, kebab ou même glace ?

Nala dit vrai, cela fait maintenant plusieurs années que je vis à la campagne et mon nouveau régime alimentaire a commencé avant que je ne m'installe dans ma cabane. Tonton Kuku ne me nourrissait déjà que de produits locaux, et inutile de dire que le premier fast food se trouve à plusieurs kilomètres de chez nous.

Satisfaite de voir que mon expression lui donne raison, Nala continue son "diagnostic" :

— Je parie que tu ne grignotes plus, non plus, car tu n'y penses plus. Tu n'as pas le temps !

— Et comment ! Entre le jardin, le poulailler, les chèvres et les marchés, je ne sais plus où donner de la tête. Et puis, si j'ai un creux, je n'ai qu'à me pencher et cueillir des fraises, des framboises ou des groseilles. Tu savais que le coin grouillait littéralement de baies en tout genre ? Je n'en connais toujours pas les trois quarts !

— Oui… et tu oublies tes "parties de jambes en l'air" qui doivent te prendre aussi beaucoup de temps et d'énergie, tout comme l'entretien de ta mini ferme.

Je ne peux que confirmer ce que me dit Nala : ma nouvelle vie a transformé mon corps. J'ai la sensation de le découvrir et de ressentir pour la première fois tout ce dont il est capable.

La société nous inculque que plus l'on vieillit, plus on perd en capacité physique et moi je me découvre à plus de cinquante ans une vitalité et une force que je n'avais jamais soupçonnées. Lorsque j'avais quarante ans, on m'aurait donné la liste de tout ce que je fais à présent, je ne l'aurais jamais cru et pourtant je le fais.

Bien sûr, je ne me suis pas mise toutes ces tâches sur le dos en une semaine.

Il m'a fallu embrasser le monde rural, adopter leurs codes et être humble au point de comprendre que je devais ramasser ce que la nature voulait bien m'offrir. Grâce à Matias et ses amis, j'ai découvert les petites astuces qui vont bien, comme le bon désherbant efficace et pas (trop) nocif, mais aussi le travail de la terre : comment la retourner, quoi et comment semer, quoi et comment récolter, etc.

Ils m'ont également appris à construire un poulailler et à soigner mes deux chèvres.

— Et, du coup, c'est sérieux avec Matias ?

— Sérieux, je ne sais pas… mais assez pour le présenter à Cariel.

Nala me fait les gros yeux :

— Tu déconnes ? Tu as présenté ton plan cul à ton fils ?

— À mon âge, on n'a plus de "plan cul", d'ailleurs, je fais partie de la génération qui n'a pas connu ça, je te signale ! Oui, ça fait plus d'un an que je suis avec Matias et je voulais être transparente avec Cariel. Paco, lui, n'a pas hésité longtemps avant d'intégrer sa nouvelle famille à son ancienne. Je ne vois pas pourquoi je n'en ferais pas autant. Nala perçoit ma pointe d'amertume. Par ces mots, je prends conscience que je n'ai pas réglé les émotions dues à mon passé. Je me suis engouffré dans ma nouvelle vie en mettant un mouchoir sur l'ancienne et pensant, à tort, que c'était l'Agathe d'avant. Mais il n'y a jamais eu deux Agathe. Il faut que je comprenne mon passé, pour avancer sereinement.

Je me rends compte que j'ai présenté Matias à mon fils pour de mauvaises raisons. Je n'avais pas envie qu'il rencontre l'homme merveilleux qui me fait rire à longueur de temps et qui m'aide dans ma nouvelle vie, non, je voulais que Cariel soit le témoin de mon nouveau bonheur pour qu'il puisse dire aux gens qui appartiennent à mon passé à quel point je m'en suis bien sortie sans eux, et surtout malgré le mal qu'ils m'ont fait.

Soudain, je comprends :

— Tu m'excuses deux minutes ?

Nala acquiesce et continue de siroter son café sur ma terrasse pendant que je m'engouffre dans ma cabane.

J'attrape mon portable et compose un numéro que je connais par cœur.

— Allo ?

La voix de Paco est tendue, comme chaque fois que je l'appelle. Il a toujours peur du conflit et des hurlements, ce qui arrive pratiquement tout le temps. À côté de lui, j'entends un balbutiement de bébé. C'est Charly, l'enfant qu'il a eu avec Aurélia, sa femme.

— C'est moi.

Un silence crispé s'installe et chacun attend que l'autre prenne la parole.

Je me lance :

— Merci.

Paco met quelques secondes pour répondre. Le ton de sa voix est plus aigu. Il ne peut cacher son étonnement :

— Merci pour quoi ?

— Pour tout. Tu as eu raison de demander le divorce. Nous étions en train de mourir l'un à côté de l'autre sans nous en rendre compte. Tu as été plus fort que moi et tu as compris avant moi que ce n'était pas ça la vie. Tu as vu que nous nous contentions d'exister et non de vivre.

Merci d'avoir eu le courage de tout balayer et de tout recommencer. Tu as ouvert, à nouveau, ton cœur à une femme qui en était digne et tu as su créer une nouvelle histoire belle et pleine de joie. Tu n'as pas cédé à la facilité de t'encroûter et de haïr en silence la femme que tu avais pourtant tant aimée. Tu as su voir la fin de notre histoire et y mettre un terme avant qu'elle ne devienne moche et que l'on ressemble à ces vieux couples qui n'arrivent même plus à se regarder sans se mépriser et qui ne voient en eux qu'une vieillesse dégradante et laide.

Je me suis complètement laissée emporter par les travers de la société qui juge si facilement celui qui s'en va "pour une autre" alors que je comprends que tu es parti pour nous sauver. Notre couple était mort, mais nous, chacun de notre côté, nous avions encore plein de choses à vivre. Alors, merci de m'avoir affranchie de tout cela.

J'entends que Paco renifle discrètement. Les babillements du bébé sont plus proches : il doit l'avoir dans les bras en le tenant tendrement.

Même si beaucoup d'aspects de sa vie ont changé, je connais cet homme et je suis sûre que ce que je viens de lui dire l'a libéré d'un poids.

Pudique, il ne l'avouera jamais, mais je sais que, depuis qu'il a pris la décision de rompre, il porte une culpabilité qui le ronge.

Étant le décisionnaire, il n'a pas pu se plaindre, pleurer sur son ancien couple ni sur le gâchis qu'on en avait fait. Seule, moi, la victime, la " cocue", était en droit de le faire, alors qu'au final, un couple qui meurt, c'est triste pour tout le monde.

J'entends Charly qui commence à chouiner.

— Je vais te laisser, Paco… je vais te laisser à ta nouvelle vie et je te souhaite du fond du cœur tout le bonheur que tu mérites. Je t'aime.

— Putain, c'était beau ! Mais… tu l'aimes toujours, alors ?

J'envie la jeunesse de Nala qui pense que l'amour ne peut avoir qu'une facette.

Comme réponse, je me contente de lui sourire. Je me garde bien de lui préciser que, jusqu'à la fin j'aimerai l'homme qui m'a offert toutes ces années de joie, de soutien et d'affection. Grâce à lui, j'ai pu devenir une mère épanouie et j'ai fondé cette famille qui est la chose la plus forte que j'aie jamais vécue.

Je ne lui dirai pas que j'aime Cariel différemment et que j'aime Matias encore autrement.

Pourtant, à chacun, je leur ai dit les mêmes mots : je t'aime.

En regardant Nala, je ne peux réprimer :

— Toi aussi, ma Nala, je t'aime.

— Viens par là, ma poule !

Bras dessus bras dessous, nous admirons la nature s'éveiller. Toujours imperturbable face au tumulte des humains, elle est sereine.

Chapitre 15

Un hurlement d'outre-tombe me sort de mon sommeil profond.

Il est quatre heures du matin.

Je me précipite à ma baie vitrée pour comprendre ce qui se passe dehors, mais la nuit noire de l'hiver m'empêche de voir à moins d'un mètre.

Les cris s'intensifient. Avec certitude, ils ne sont pas humains.

C'est la première fois que je les entends et j'ai peur que de féroces prédateurs entrent dans ma cabane. J'ai beau me raisonner en me disant que c'est impossible, même pour un ours, qu'un animal sauvage s'introduise chez moi, mais ces cris prolongés me paralysent d'effroi.

Prise de panique, j'attrape mon smartphone et appelle Matias :

— Allô ?

Mon homme, au trois quarts endormi, marmonne au bout du fil :

— Mouais…

Je détache le téléphone de ma tête, actionne le haut-parleur et lui intime :

— Écoute !

Après quelques secondes, je remets l'appareil à mon oreille :

— C'est quoi ?

Mon cœur bat à cent milles et ma main à du mal a tenir mon portable que j'écrase contre ma joue.

— Ah ! Je l'ai eu ! s'exclame Matias, visiblement bien réveillé à présent.

— De quoi tu parles ?

— Du renard !

Il me faut quelques secondes pour comprendre.

Il y a quelques semaines, je me suis plainte du fait qu'il me manquait deux poules. Matias s'était rendu à mon poulailler et avait affirmé en me montrant un tas de plumes :

— Ça, c'est l'œuvre d'un renard, ma chère !

Affolée, je l'avais questionné sur ce qu'il fallait que je fasse.

Il m'avait dit de ne pas m'inquiéter, car le problème serait vite résolu. Rassurée par son aplomb, je ne lui avais rien demandé de plus.

— Le renard est en train de manger mes poules ? C'est ça le bruit ?

— Non, ma chérie, le renard vient de tomber dans mon piège !

Sans dissimuler sa satisfaction, Matias m'explique qu'il a placé bon nombre de pièges tout autour de mon poulailler.

— Mais pourquoi tu ne m'en as pas parlé ? Et ils sont comment ces pièges ? Ce sont des cages ?

— Je suis certain que tu n'aurais pas supporté être à l'origine de la pose de ces pièges. Et non, ce ne sont pas de cages, car ça ne sert à rien. Une fois relâchés, les renards reviennent dès le lendemain. Là, j'ai mis des pièges qui se referment sur leurs pattes ou leur gueule.

Te fais pas de souci, il va se débattre un moment pour s'en dégager, mais il va perdre du sang et il va bientôt arrêter de hurler. Tu pourras te rendormir et je passe demain, dès que je peux, pour te débarrasser de sa carcasse.

— Pauvre con !

Je jette mon téléphone sur mon lit et me saisis de ma lampe torche.

En tee-shirt et en culotte, je parcours le chemin qui mène à mon poulailler. Je ne perçois pas le froid qui me traverse tant je suis énervée.

De quel droit Matias s'est-il permis de poser ces pièges inhumains chez moi ?

C'est mon poulailler, c'est à moi de décider ! Il est évident que s'il m'avait exposé son plan, je m'y serais opposée. Tuer un être vivant de la sorte est une véritable torture que je ne tolérerai jamais, même pour protéger mes poules ! Je suis certaine qu'il y avait d'autres solutions à envisager avant d'agir en tortionnaire !

Et puis, je suis furieuse que Matias ait pu penser avoir le droit d'intervenir sur ma propriété sans que j'en sois informée. Je sais qu'il a cru bien faire et qu'il ne doit pas comprendre ma réaction.

Je vois comment il fonctionne dans sa ferme : c'est un agriculteur moderne qui a dû modeler la nature pour qu'il puisse vivre de ses fruits.

Je n'adhère pas particulièrement à certaines de ses pratiques. Mais ainsi va la vie, et surtout la société qui nous presse encore et toujours pour faire et avoir toujours mieux, toujours plus… Et Matias n'y fait pas exception. Pour qu'il puisse gagner sa vie correctement, il doit être compétitif et cela passe par des moyens plus ou moins discutables écologiquement.

Je me souviens du soir où j'avais découvert son exploitation. Interloquée, j'avais tenté un jeu de mots :

— Exploitation, c'est bien le terme : tu exploites la terre !

Il faut dire que je m'attendais à voir une ferme perdue au milieu de champs travaillés au fils des saisons et vivants au rythme de la nature. Mais le lieu de travail de Matias était une structure moderne, stratégique et opérationnelle qui répondait parfaitement au moindre désir de l'Homme.

— Tu pensais que je vivais dans la petite maison dans la prairie ?

Naïvement, oui, un peu quand même.

Il m'avait expliqué toute la complexité de son métier ainsi que l'épuisement qui guette chaque agriculteur. Il m'avait dit qu'il y avait environ un suicide tous les deux jours dans sa profession. Ce chiffre m'avait glacé le sang. Je ne comprenais pas pourquoi ces hommes (et ces femmes) pourtant vitaux pour notre survie n'étaient pas plus estimés. Sans eux, pas de nourriture et donc pas d'existence possible. Déconsidérés, ces honnêtes travailleurs tentaient de résister en slalomant avec des règles imposées par des dirigeants qui n'avaient probablement jamais tenu une bêche dans leur main.

J'avais ressenti de l'indulgence et j'avais compris que rien n'est jamais parfait dans notre société et qu'il fallait parfois faire des concessions, même lorsque l'on fait le plus noble des métiers : celui de travailler la terre.

Je me souviens m'être sentie un peu coupable, car après tout qui étais-je moi, citadine parmi les citadines, pour me permettre de juger Matias quant à son rapport à la nature sans rien en connaître ?

Mais, à présent, alors que je crapahute sur mes terres en pleine nuit, plus aucune compassion ne me vient !

Je suis sur mon terrain et ici, ce sont mes règles qui s'appliquent. Les dogmes de la société n'ont pas leur place chez moi. Mon univers, mes règles et surtout pas de patriarcat déguisé en main tendue !

En agissant de la sorte, Matias a réussi à faire resurgir toutes ces années où j'ai ployé sous l'autorité masculine et qui aujourd'hui me semblent insupportables.

Maintenant, je décide de ce qui est bon pour moi sans l'aide de personne et je n'ai pas besoin que quelqu'un pense pour moi.

J'arrive devant le piège.

Effectivement, il y a un renard qui a la patte arrière coincée dedans. En observant rapidement, je découvre qu'il est pris sur le bout. Je ne comprends pas pourquoi il n'essaie pas de tirer dessus et de s'échapper.

En le regardant attentivement, je me rends compte que c'est un très jeune renard et que la douleur le paralyse. Je ne vois pas une bête sauvage, mais un bébé apeuré qui tente d'appeler sa mère.

Je réfléchis à deux fois avant de m'en approcher, car, même si mon cœur de maman aimerait accourir, mon instinct de survie me souffle de prendre mon temps et de cogiter avant d'agir.

Je comprends qu'il va me falloir une pince coupante pour le libérer et il me faut aussi une couverture pour parvenir à le maintenir pendant que je coupe le piège.

— Je reviens tout de suite, je ne t'abandonne pas.

Je me rends compte que le renardeau a cessé de glapir. Il me regarde m'éloigner.

Je cours et réapparais à toute vitesse. Le renard est immobile et il m'observe avec méfiance.

— Deux solutions : je te couvre la tête avec la couette et je tente comme je peux pour couper le piège avec ma main restante, soit tu te laisses faire et je peux me servir de mes deux mains pour que ça aille plus vite et que ce soit moins douloureux.

J'ai l'impression qu'il me comprend.

Je m'approche doucement lorsqu'une lueur de raison vient me stopper.

Je suis folle au point de penser qu'un animal sauvage me comprend et va s'abandonner à moi. Je ne vais même pas avoir le temps de toucher ce maudit piège qu'il m'aura chopé au cou !

Je suis à quelques mètres de lui et nous nous jaugeons respectivement.

Nous sommes aussi terrifiés l'un que l'autre.

Je ne lui parle plus, car toute la communication passe dans le regard.

Je me reprends en me disant que je ne peux pas le laisser ainsi, surtout qu'il a toutes ses chances de survie avec une blessure si peu profonde. Dans tous les cas, si l'homme ne s'en était pas mêlé, il n'en serait pas là. En règle générale, j'essaie d'intervenir le moins possible dans les cycles naturels. Si une bête doit mourir, je laisse faire. Mais ce renardeau est dans cette situation à cause de Matias et je dois tenter de réparer ça.

Doucement, je m'approche.

Je le vois qui se replie sur lui-même en grognant sourdement.

D'instinct, je me mets à l'imiter. Un son étouffé et apaisant résonne dans ma gorge.

J'évolue tout en fixant son regard.

Plus j'avance et plus nos grognements s'élèvent à l'unisson dans les airs. Nous avons calqué nos rythmes l'un sur l'autre et je suis pratiquement dans une sorte d'état second.

J'ai conscience d'effectuer des gestes, mais j'ai l'impression qu'une puissance inconnue a investi mon corps et je me sens spectatrice de ce drôle de spectacle.

Lorsque je touche le piège, nous cessons tous les deux de grogner. Un simple coup de pince suffit pour libérer le renardeau.

En un éclair, il retire sa patte et s'éloigne à plusieurs mètres de moi en boitant.

Je l'observe sans comprendre ce qu'il vient de se passer.

Mais avant qu'il ne s'évanouisse totalement dans la pénombre, il se retourne.

Je vois clairement son regard s'ancrer dans le mien. Je ressens un puissant sentiment de sérénité.

Là, en culotte sur une terre gelée, j'ai la sensation pour la première fois de ma vie de faire partie d'un tout et d'être exactement au bon endroit.

Comme pour me le confirmer, le renardeau émet un grognement profond avant de s'enfoncer dans la forêt.

Je ne sais pas combien de temps je suis restée assise par terre à contempler l'invisible, mais lorsque je suis revenue dans ma cabane, je me suis étonnée.

Stupéfaite, je me suis rendu compte que je ne ressentais pas le sentiment de grande satisfaction que j'éprouve lorsque je fais une bonne action : j'avais tout de même sauvé un bébé renard !

Et puis, en m'asseyant sur mon lit, j'ai compris.

La satisfaction est un instinct humain très égocentré. Si j'avais perçu ce sentiment, cela aurait voulu dire que je suis passée à côté de ce moment hors du temps.

Or, au lieu de penser que le renard me doit la vie, je ne peux qu'éprouver de la gratitude envers lui.

Grâce à cette rencontre plus qu'étrange, j'ai touché du doigt quelque chose que je n'avais encore jamais soupçonné.

J'ai vu la nature, la vie, l'existence, d'une autre façon. Je l'ai vue sans la regarder avec mes yeux.

Tout ceci m'a profondément exténuée.

Je m'allonge dans mon lit et m'enfonce dans un sommeil empli de béatitude.

— Va prévenir qu'elle se réveille !

J'entends des pas qui courent dans un couloir et au loin la voix de mon fils qui m'appelle.

Je sens de l'angoisse dans sa voix tremblante.

Je ne comprends pas ce qu'il se passe. Pourquoi Cariel est-il dans ma cabane ? Et à qui a-t-il donné un ordre ? Qui doit-il prévenir et de quoi ? Pourquoi il y a autant d'agitation chez moi ? Et surtout : pourquoi je ne parviens pas à décoller mes paupières ?

Elles semblent peser des tonnes.

J'ai envie de replonger dans ce profond sommeil, si doux et agréable, qui a été interrompu par la voix de Cariel.

— Maman, s'il te plaît, reviens, ne me laisse pas. J'ai encore besoin de toi.

Les sanglots de mon fils arrivent jusqu'à moi dans un lointain écho.

Mon bébé a besoin de moi, tant pis pour la sieste, je dois me réveiller.

Dans un effort surhumain, je parviens à soulever mes paupières qui me semblent soudées l'une à l'autre.

Je vois la petite bouille de mon fils penché sur mon visage, ma vision est floue, mais je perçois sa figure ruisselant de larmes :

— Ne pleure pas mon cœur, tout va bien, je suis là.

Ces mots qui avaient pour vocation d'apaiser mon enfant l'amènent au contraire dans une tornade de sanglots qu'il ne peut plus contenir.

Alors qu'il a sa tête lovée sur mon ventre, il chuchote :

— J'ai eu la peur de ma vie, maman, la peur de ma vie !

Mais de quoi parle-t-il ? Qui est le salaud qui a osé le mettre dans cet état ?

En voulant poser ma main dans ses cheveux, je me rends compte que je suis ankylosée. Je ne parviens pas à faire ce simple geste maternel.

— Ah ! Madame Pule, ou devrais-je dire "notre miraculée" !

Un homme d'une soixantaine d'années vient d'entrer dans la pièce.

À sa vue, je comprends tout. J'ai beaucoup trop fréquenté ces endroits pour ne pas les reconnaître : je suis dans une chambre d'hôpital et l'homme qui vient d'arriver avec son air condescendant n'est rien d'autre qu'un médecin modelé dans une parfaite structure patriarcale.

J'ai un mouvement de recul et arrache ma main de sa poigne.

Il fronce les sourcils :

— Ne paniquez pas, vous êtes en lieu sûr. Vous voici de retour dans la vie civilisée, loin de la sauvagerie de la montagne, dit le docteur en éclatant de rire.

Mais quel con ! C'est exactement ça qui me fait paniquer !

Je ne veux pas retourner dans ce dispositif vicieux qui m'a broyée et qui m'a fait devenir une ombre sans vie.

Mais je me ressaisis, car, pour avoir vécu assez longtemps (trop longtemps) dans ce système, je sais comment je dois me comporter pour en ressortir le plus vite possible. Surtout ne pas faire de fantaisies, de scènes d'hystérie ou toute autre attitude qui pourraient leur permettre de justifier une détention prolongée en ces lieux, sous perfusion de calmants.

— Pardon, docteur. Je suis désorientée. Où suis-je exactement et que s'est-il passé ? Car mon dernier souvenir remonte au moment où je me suis recouchée chez moi, à l'aube.

Je passe sous silence mon expédition en pleine nuit, sous des températures négatives. J'omets aussi volontairement ma rencontre hors du commun avec mon petit renard et surtout ce que cette dernière m'a fait vivre.

En me la remémorant, je tente de garder un visage neutre alors qu'un sourire béat essaie de s'incruster sur mes lèvres. Avant que le docteur ne parle, je regarde Cariel qui s'est assis à côté de moi. Il est blanc comme un linge et ne me lâche pas le bras. C'est à ce moment que je me rends compte que mes mains sont rouges avec des sortes de cloques.

Je relève la tête vers le médecin et aperçois derrière lui une silhouette : c'est Matias.

Il a les cheveux ébouriffés et des cernes noirs qui tirent ses traits habituellement si sereins.

Voyant que je regarde par-dessus son épaule, le docteur se décale légèrement :

— Vous lui devez la vie, madame. Sans ce jeune homme, vous seriez déjà six pieds sous terre.

Vous avez été victime d'une hypothermie à la limite du sévère. Lorsque vous êtes arrivée aux urgences, votre température corporelle était à 20 degrés, alors que votre ami vous avait réchauffée avec des couvertures en attendant les secours.

Je vous laisse prendre des forces et je reviens vous expliquer ce qu'il en est pour votre santé.

Alors qu'il se dirige vers la porte, il tend une poignée de main virile à Matias :

— Bien joué, monsieur.

— Merci, mais bravo à vous, docteur.

Matias bombe un peu le torse.

Deux coqs qui se congratulent d'avoir sauvé la pauvre poule que je suis.

Je regarde Cariel qui semble sonné. Je ne comprends pas encore ce qu'il s'est passé chez moi, mais une chose est sûre, c'est que la scène qui vient de se jouer va conforter mon fils dans sa théorie sexiste qui pense que chaque femme a besoin d'un homme dans son quotidien.

Je décide de m'adresser à mon fils :

— Ça va mon chéri ? Qu'est-ce que tu fais là ? Tu n'as pas de travail ?

Mon ton maternel a le don de le sortir de sa torpeur :

— Non, ça ne va pas et je suis là parce que tu as failli mourir. Et bien sûr que si j'ai du travail, mais mon patron a compris que ma mère avait besoin d'aide et il a eu la gentillesse de me laisser prendre des congés.

Son coup de sang a au moins l'avantage de lui rendre des couleurs. Moi, j'encaisse sans répliquer. C'est inutile, je suis en position de faiblesse, mais je sais qu'il a tort.

Matias intervient :

— Il a eu… nous avons eu peur pour toi. Chacun réagit différemment.

Je le regarde avec deux yeux ronds : je rêve ou il est en train de me dire comment fonctionne mon fils ? Il m'explique comment est l'être que j'ai porté pendant 9 mois, que j'ai ensuite élevé jour et nuit jusqu'à ses 20 ans, et que je connais sûrement mieux que moi-même ?

Allez Agathe ! Respire, laisse glisser et attends le bon moment pour te barrer d'ici et retourner dans ta cabane, chez toi.

C'est la seule motivation qui m'aide à éviter que je leur hurle dessus et que j'arrache ces maudits cathéters pour m'enfuir en courant.

Je sais que, si j'agis de la sorte, je signe pour plusieurs mois, enfermée entre ces quatre murs grisâtres et shootée à je ne sais quelle saloperie de synthèse.

Je me concentre pour au moins comprendre pourquoi je suis ici. Je regarde Matias :

— Tu peux me dire ce qui s'est passé ?

— Bien sûr ! Une fois que tu m'as raccroché au nez en me traitant de… enfin bref, je me suis rendormi pour les quelques heures qui me restaient, car j'avais pas mal de travail après.

Vers 8 heures, j'ai tenté de t'appeler, mais je tombais sur ta messagerie chaque fois. J'ai laissé la matinée se tasser, pensant que tu boudais. Puis à la pause de midi, je me suis tout de même décidé à passer pour au moins te retirer le renard mort dans le piège.

Arrivé chez toi, je suis allé directement au poulailler pour te débarrasser de la carcasse avant de venir dans ta cabane, car je pense que tu n'aurais pas supporté de voir la dépouille, mais il n'y avait rien à part une pince et une couverture posées à côté des pièges métalliques découpés.

Au passage, tu sais combien ça coûte ces trucs ?

Je ne réponds rien et attends la suite :

— Bref, j'ai récupéré mon matos et me suis dirigé vers ta cabane pour te demander ce que tu avais fait à mon piège.

Ta porte était grande ouverte et tu étais allongé sur ton lit vêtu uniquement d'un tee-shirt et d'une culotte.

Je me suis approché. Tu étais gelée et toute bleue. J'ai cru que tu étais morte.

Matias fait une pause pour tenter de contenir ses émotions.

La voix tremblante, il reprend :

— Tu n'avais pratiquement plus de pouls, mais j'ai senti ta lente respiration.

Alors, j'ai appelé les urgences et, en les attendant, je t'ai recouverte de toutes les couvertures, tapis, manteaux et draps que j'ai pu. Je me suis même serré contre toi.

Ensuite, le SAMU t'a emmenée à l'hôpital où tu as fait un séjour en réanimation.

Ton pronostic vital était engagé lorsque j'ai appelé ton fils pour le prévenir, car, en cas de prise de décision, c'est le seul à pouvoir trancher.

Cariel lâche mon bras, il se lève et se place en face de Matias :

— Merci Matias, d'avoir pensé à moi. Je suis désolé d'avoir mal agi avec toi la première fois que l'on s'est rencontrés. J'ai été froid et distant, alors que tu es un véritable pilier pour ma mère. Maintenant, je sais qu'avec toi, elle est entre de bonnes mains.

Euh… ça va les mâles ? Je ne vous dérange pas trop ? La faible petite femme que je suis peut en placer une ?

— N'exagère pas Cariel, je suis capable de m'en sortir seule.

— Oui, tu viens de nous en donner un aperçu !

Mon fils ne ressemble plus du tout au petit garçon qui pleurait sur mon ventre un quart d'heure plus tôt. À présent, il arbore les traits d'un homme sûr de lui et surtout sûr de sa domination sur moi. Contrairement à ce qu'il gémissait tout à l'heure, je constate qu'il n'a plus besoin de moi.

Mais je décide de ne rien laisser paraître :

— D'accord. En tout cas, merci d'être venus… tous les deux, mais je voudrais me reposer.

Matias prend la parole :

— Bien sûr, ma chérie, on te laisse tranquille. Tu as ton téléphone sur la table de chevet. Appelle-moi quand tu veux, je reviendrai te voir demain. Cariel, je pense que tu peux rentrer chez toi et reprendre ton travail. Je te tiendrai au courant.

Mon petit acquiesce sagement aux directives de mon compagnon.

Une nouvelle hiérarchie vient de s'établir sous mes yeux : Matias mâle alpha, Cariel mâle suiveur et moi… dernière roue du carrosse.

Cela à l'air de convenir à tous, sauf à moi !

Il s'écoule plusieurs heures avant que le médecin ne revienne me voir. Lorsqu'il passe la porte, j'ai mille et une questions à lui poser :

— Docteur, qu'est-ce que c'est que ces cloques et ces rougeurs sur mes mains et mes pieds ?

— Ce sont des engelures.

— Des engelures ? Mais je ne vis pas sur l'Everest ! Il ne fait pas si froid que ça !

— Heureusement pour vous, si cela avait été le cas, vos mains et vos pieds seraient noirs à l'heure qu'il est.

Il a gagné : j'ai la trouille !

Je me la boucle et attends patiemment que le sage me distille son savoir :

— D'après les dires de votre compagnon, vous vous êtes rendue en pleine nuit, vêtue uniquement de sous-vêtements et d'un tee-shirt, en plein milieu de la nature sous des températures négatives.

J'affirme honteusement. C'est vrai que ça paraît insensé quand on le dit comme ça, mais j'étais folle de rage et je devais tenter de sauver ce pauvre renard.

D'ailleurs, je n'avais pas froid !

Ravi d'avoir une patiente aussi docile, le médecin continue :

— Vous auriez pu vous en sortir avec un bon gros rhume si vous n'aviez pas laissé la porte de chez vous ouverte. Votre compagnon a dit qu'il n'y avait aucune différence de température entre l'extérieur et l'intérieur lorsqu'il vous a découverte.

Vous avez donc fait une hypothermie sévère.

Lorsque votre corps se refroidit aussi vite, des mécanismes de contrôle interne se mettent en place. Ils coupent le flux sanguin chaud vers les extrémités pour garder la chaleur corporelle aux organes vitaux. C'est comme cela que vous avez eu vos engelures.

D'ailleurs, j'avais une question : aviez-vous bu de l'alcool cette nuit-là ?

— Non, bien sûr que non ! Je ne bois pratiquement jamais. Pourquoi ?

— Cela aurait pu expliquer le niveau de votre hypothermie, car l'alcool augmente la perte de chaleur, et cela aurait justifié votre comportement, aussi… Bref, dans les cas les plus sévères, comme le vôtre, cela va jusqu'à la perte de conscience. Mais avant, il peut y avoir des périodes de confusion où l'on ne se rend pas compte du froid et l'on peut se comporter curieusement.

Mais, la bonne nouvelle c'est que vous avez évité de justesse l'arrêt cardiaque et le manque d'oxygène dans le cerveau.

Cependant, pour être serein, je vous garde un petit peu, le temps de faire des examens cardiaques, car votre cœur a été mis à rude épreuve.

Je ne m'oppose pas à ma détention tant je suis sonnée par ce que je viens d'entendre.

" Se comporter curieusement", "ne pas se rendre compte du froid"… finalement, la magnifique rencontre avec le renard n'a pas eu lieu. Ou si c'est le cas, pas comme je le pense. Cette nouvelle perception de la nature, de la vie, de l'existence même n'était que le fruit d'un délire dû à l'hypothermie.

Le docteur me fait signe qu'il va s'en aller, mais je le retiens par une dernière question :

— Mais comment cela se fait-il que je sois tombée en hypothermie aussi rapidement ?

— Vous savez, chez certaines personnes, le risque provient du fait que leurs capteurs corporels évaluent moins bien les changements de température. Leur thermostat interne, moins efficace, ne réagit plus de façon optimale au froid.

— Et, je suis de ces personnes ?

— Oui… vous, moi ainsi que toutes les personnes d'un certain âge. On a beau se sentir encore jeune, notre corps, lui, a bien le nombre d'années que nous avons passé sur cette terre. Allez, reposez-vous.

J'ai l'impression que je me réveille d'un long et magnifique rêve et que le retour à la réalité vient de me foutre la baffe de ma vie.

Pourtant, j'y ai cru ! J'ai cru que j'étais capable de tout et que je n'avais besoin de personne. J'ai même pensé avoir rajeuni grâce à ma nouvelle silhouette plus sèche, plus musclée.

Mais finalement, les années m'ont rattrapée et la nature n'est pas tendre avec la vieille fragile que je suis devenue.

Heureusement, la société et mon homme étaient là pour me venir en aide. C'est vrai, sans eux, je serais morte, de froid, en culotte, dans ma cabane.

Je me sens honteuse, ridicule et ingrate.

Cariel avait raison : j'ai fait ma crise de la cinquantaine de façon non moins grotesque qu'une adolescente.

J'ai de la chance d'avoir un fils aussi attentif, ainsi qu'un copain si indulgent. Je suis également reconnaissante d'être née dans une société qui nous soigne malgré nos mauvais comportements et nous remet sur le droit chemin sans qu'on ait à le demander.

Contrairement à moi, eux, ils savent ce qui est bon pour moi.

Je reste encore quelques jours à l'hôpital avant que Matias ne vienne me chercher.

J'ai un petit sac de sport qui contient mon nécessaire de toilette lorsque je m'installe, côté passager, dans sa voiture. Alors qu'il démarre, il me dit :

— Bon, tu vas passer quelque temps chez moi, pour commencer. Ensuite, on verra. En attendant, Cariel et sa copine passent nous voir ce week-end. Ça te plaît ?

J'opine sans le regarder.

Je ne sais plus ce qui me plaît ou non, mais Matias, Cariel, le médecin et tant d'autres ont l'air de le savoir pour moi, par conséquent, je me laisse guider.

Alors que la voiture s'engage sur la route, je me fais la réflexion que, depuis que je vis dans ma cabane, jamais Cariel et sa copine n'étaient venus me voir.

Ils doivent adhérer au fait que je vive avec Matias.

J'imagine ma vie dans son exploitation.

Je ressens un pincement au cœur lorsque je me dis que plus jamais je ne vivrai dans ma cabane, mais je me reprends : ce n'est pas ce que veulent les autres… eux ils savent.

Chapitre 16

Mon téléphone sonne.

— Tu m'excuses, c'est Nala.

— Nala, bien sûr ! Il n'y en a que pour elle.

Cette réflexion me coupe les pattes, si bien que je ne décroche pas et laisse l'appel basculer sur ma messagerie.

— "Que pour elle", comment ça ?

Matias a sa tête des mauvais jours, celle que je vois de plus en plus souvent. Ces derniers temps, son visage charismatique et jovial se fait rare, ou du moins lorsque nous ne sommes que tous les deux. Avec ses amis, il redevient le Matias que j'ai connu : bon vivant, heureux des choses simples avec un soupçon de philosophie. Mais une fois la porte refermée sur nos invités, je me retrouve avec un homme aigri, taciturne et extrêmement terre à terre. Il n'ouvre la bouche que pour parler de ses soucis matériels concernant l'exploitation.

Les chiffres d'affaire et les pertes sont constamment ses centres d'intérêt. S'il ne parle pas de cela, il rumine au sujet des lois et des réglementations qui se font au fur et à mesure plus strictes et deviennent irréalisables, selon lui. Il ne m'épargne aucune angoisse et je vis avec toutes les préoccupations d'une agricultrice moderne.

Ses inquiétudes sont réelles, je le concède, et cela doit être usant de vivre ainsi. Il n'a aucune certitude et il se sent tellement dépendant de nos politiciens. Cela le dépasse de concevoir que ces hommes citadins (puisqu'ils résident à Paris) qui ont très peu de notions d'agriculture (voire même de la nature !) régissent son métier à coup de législations plus alambiquées les unes que les autres.

Mais très égoïstement : je m'en fous et je m'en contrefous !

J'ai passé l'âge de vivre ça. Je suis à un moment de ma vie où, au mieux, je devrais penser à la retraite qui se profile doucement et compter les jours qui me séparent de mes futures journées remplies d'activités sociales bénévoles dans des associations.

Mon seul souci devrait être de "bien vieillir" et non d'être inquiète pour mon avenir professionnel.

Mais, honnêtement, je n'en suis pas là non plus. J'ai juste envie de me laisser vivre, de profiter de ce que mon environnement peut m'offrir et de laisser couler le temps sur moi au gré des journées.

Je veux regarder la nature revivre au printemps en prenant le temps d'admirer les premiers bourgeons éclore, les insectes réinvestir leurs territoires et découvrir les naissances.

Je veux me languir sous le soleil d'été et ralentir encore un peu le rythme pour ne bouger que très tôt le matin ou tard le soir.

Je veux voir chaque feuille rousse exécuter sa dernière folle danse avant de s'échouer sur le sol humide de l'automne pour donner son ultime concours à la vie en se décomposant.

Je veux grelotter sous le givre en observant les animaux chercher un peu de nourriture avant de retourner se blottir dans leur doux foyer hivernal.

Bref, je veux regarder pousser l'herbe, comme on dit !

Cela fait des mois que je contiens ce désir qui, au lieu de s'évanouir au fil du temps, grossit jusqu'à former une boule au fond de ma gorge.

Depuis que je suis sortie de l'hôpital, je parle peu et j'écoute… enfin je donne l'impression d'écouter, mais souvent, au milieu d'un monologue de Matias, je m'évade dans ma cabane.

J'ai la sensation qu'elle m'appelle et alors je sens mon cœur cogner dans ma poitrine. Je n'ai qu'une envie : c'est de courir à perdre haleine pour aller la retrouver.

Bien évidemment, je m'y rends régulièrement pour mes poules et mes chèvres, ainsi que pour récolter mes fruits et légumes, mais ce n'est plus pareil. L'endroit m'accueille comme une invitée, je ne suis plus chez moi, je ne suis que de passage.

Je pense que Matias a remis des pièges à renard, car il ne manque plus aucune poule à l'appel.

Lâchement, j'ai fait le choix de faire l'autruche et d'ignorer ces actes de barbarie.

Matias est devant moi, rouge comme une tomate, il postillonne et me rabâche encore et toujours les mêmes reproches qui sont fondés, mais je ne peux rien modifier.

Il voudrait que je sois différente, plus ceci et moins cela…. Son manque d'expérience ne lui permet pas de comprendre qu'on ne change pas quelqu'un (jamais !) même si un amour incommensurable nous lie. Une personne peut évoluer grâce à (ou à cause de) son parcours de vie, mais en aucun cas on ne peut transformer, modeler, réinventer quelqu'un par amour.

Comme disait ma grand-mère : chassez le naturel, il revient au galop !

Il a fini de vider son sac et attends de moi des excuses et des promesses :

— Tu sais, Matias, je t'aime bien et….

— Tu m'aimes "bien" ? Tu m'aimes "bien" !

Il est estomaqué par mes dires que je ne voulais pourtant pas blessants et que j'ai lancés sans réfléchir.

Effaré, il prend la porte et la claque d'un geste violent.

Le téléphone sonne à nouveau, c'est encore Nala. Ça ne lui ressemble pas d'insister de la sorte. Je décroche. J'entends des sanglots :

— Agathe, c'est moi… tonton Kuku… est mort.

Une chape de plomb me tombe sur la tête. Je ne comprends pas ce que vient de m'annoncer Nala. J'écoute ses pleurs, elle marmonne des phrases inintelligibles.

Je suis incapable de dire combien de temps nous restons ainsi, mais c'est Nala qui y met fin :

— Je suis dans le train. J'arrive. Je passe à la cabane avant qu'on aille le voir.

J'arrache mon manteau et mon sac du porte-manteau et me précipite vers la porte.

Dehors, alors que je trifouille dans mon bourbier pour trouver mes clefs de voiture, j'entends Matias qui me demande où je vais.

Je ne cherche même pas à lui répondre. Je saute dans mon 4x4 et m'échappe de cette exploitation.

Je sais à ce moment-là que plus jamais je n'y remettrai les pieds.

Avec Nala, nous avons repris des forces à la cabane, mais nous devons à présent nous rendre chez tonton Kuku.

Arrivées sur le seuil de la porte, nous sommes accueillies par Patou, le maire. Il a les yeux rouges et ses cernes bleus témoignent d'un grand manque de sommeil, mais il reste digne et tient à être un pilier pour nous.

— Le médecin nous a dit que c'était le cœur qui avait lâché. Ne vous inquiétez pas, j'ai effectué les démarches et les pompes funèbres sont déjà venues. Ils l'ont préparé, même s'ils ont avoué ne pas avoir fait grand-chose.

On se regarde, avec Nala, un peu étonnées. On ne comprend pas.

Patou le perçoit :

— Je veux dire que Kuku est parti dans son sommeil, dans son lit et, quand on l'a trouvé, on a cru qu'il dormait tellement il était paisible.

En arrivant dans la salle à manger, on découvre que pratiquement tout le village est présent.

— Chez nous, il est de coutume de faire la veillée. Les amis et connaissances restent dans le salon et préparent à boire et à manger, alors que la famille et les très proches vont se recueillir dans la chambre.

Nala me serre fort la main :

— Tu viens avec moi, hein ? Tu me laisses pas seule ?

Je n'ai pas besoin de répondre, car c'est évident que je fais partie des très proches et que ma place est dans la chambre près des gens qui m'ont le plus soutenue.

Je ne montre pas à mon amie mon appréhension, car j'ai eu la chance que la vie m'évite ce genre d'épreuve jusqu'à présent. Mais aujourd'hui, je dois le faire par devoir envers Nala et aussi par respect pour celui qui fut mon mentor d'un moment.

Je pousse la porte et découvre Tonton Kuku, allongé sur le dos, mains posées sur son ventre.

Patou a raison : il est serein. J'ai même l'impression qu'il sourit légèrement.

Nous nous installons de chaque côté du lit et pleurons toutes les larmes de notre corps.

Une fois que nos stocks d'eau salée sont épuisés et que nos glandes lacrymales sont usées d'avoir été trop sollicitées, nous sommes comme sonnées.

Les yeux rouges, nous regardons autour de nous l'humble chambre de tonton Kuku.

Des fous rires s'échappent à la vue de certaines photos qui habillent les murs vétustes. On se remémore les souvenirs et j'ose même faire ma célèbre imitation de tonton Kuku devant sa dépouille.

On sait qu'il aurait aimé voir les "gamines" faire des enfantillages et ricaner comme des sales gosses. En agissant de la sorte, on lui rend un dernier hommage compris de nous trois uniquement.

Nala tourne la tête vers la table de chevet :

— Agathe, regarde !

Elle me désigne ce que je perçois comme des rectangles blancs posés sur le petit meuble. La faible luminosité ne me permet pas de voir avec plus de précision.

— C'est quoi ?

Nala les prend dans les mains et devient blême. On dirait qu'elle a vu un fantôme.

— C'est quoi, Nala ?

Sans un mot, elle se lève et me tend un de ces rectangles au-dessus du corps de son oncle.

C'est une enveloppe et, dessus l'écriture de tonton Kuku : "Pour Agathe".

Estomaquée, je regarde Nala, qui, elle, fixe un autre rectangle blanc. Je comprends qu'elle aussi a un courrier à son nom.

Dans un silence religieux, nous les ouvrons et seul le bruit de papier que l'on déplie vient perturber ce silence de mort.

C'est bien tonton Kuku qui m'a écrit :

Ma très chère Agathe,

Ça t'en bouche un coin que je ne t'appelle pas la gamine, hein ?

Un sourire doux-amer se dessine sur mon visage et je reprends ma lecture à la fois avide d'en connaître la substance, mais aussi consciente qu'il s'agit ici des derniers mots de mon ami et qu'il faut que je les savoure un à un :

Cela fait un bon moment que je n'ai pas vu ton petit minois traîner par chez moi.

La culpabilité me saute dessus et je prends conscience que j'ai été une piètre amie ces derniers temps. Si j'avais été plus présente, aurai-je vu les premiers symptômes d'une crise cardiaque ? J'aurais pu l'emmener à l'hôpital, il aurait eu un traitement et il serait encore là, avec nous.

Alors que je me maltraite avec mes remords, j'entends les aboiements incessants d'un chien qui doit être dans le salon, avec les invités. Je trouve ça incroyablement impoli d'oser se pointer avec un animal à une veillée.

Je retourne à la lettre de mon sage ami :

Tel que je te connais, ma dernière phrase vient de te faire culpabiliser comme une folle. Tu te sens coupable de ma mort.

Laisse-moi te poser une question : pour qui te prends-tu ?

La dureté de ces mots me tétanise, je ne savais pas tonton Kuku aussi acerbe !

Je te le demande, Agathe Pule : pour qui te prends-tu pour croire que tu peux aller au-devant des plans universels de la mort ?

Rien ni personne ne peut aller contre l'inévitable. Du moment où nous poussons notre premier cri, nous sommes destinés à rendre notre dernier soupir, et cela peu importe ce que nous avons fait ou dit le long de notre existence.

Quoi que nous fassions, quoi que nous disions, nous arrivons tous à la même finalité.

Notre société est extrêmement mal à l'aise avec cet aspect de notre vie qui est pourtant tout aussi naturelle que la naissance.

Nous devrions l'intégrer beaucoup plus dans notre quotidien et surtout cesser de le voir comme quelque chose de tragique !

La seule chose qui est triste, c'est le manque de l'être aimé, mais, pour cela, nous avons les souvenirs. Telles que je vous connais toi et Nala, vous en avez déjà passé pas mal en revue alors que je ne suis même pas encore sous terre !

Tu sais, j'ai toujours vu les gens comme des personnes de passage, tout comme moi.

En les concevant ainsi, j'ai pu toute ma vie apprécier et imprimer chaque détail et chaque événement les concernant. Souvent, je les regardais en me disant "un jour, vous ne serez plus là et ça me manquera, dès lors, je profite de vous maintenant et je stocke nos souvenirs pour vos jours d'absence".

Je n'ai jamais été triste au décès de mes proches, car je savais que cela arriverait un jour ou l'autre et j'avais savouré le moment où nos deux existences s'étaient croisées.

À présent, c'est moi qui vais manquer aux gens. J'espère qu'ils auront fait assez de réserves de souvenirs pour se rendre compte que la joie de s'être connu est plus forte que la douleur de ma perte.

Mais revenons-en à toi, ma gamine.

Lorsque tu es entrée dans ma vie, je crois que je n'avais jamais rencontré une femme aussi paumée. Tu m'as fait penser à une gamine égarée dans un supermarché. Tout ton entourage te semblait inconnu et tu ne supportais plus les lumières criardes de la ville ainsi que ses bruits tonitruants qui étaient présent jour et nuit. Tu ne comprenais plus les gens qui faisaient pourtant partie de ta vie depuis des années et tu n'avais même plus conscience de toi.

Les années où j'ai eu la chance de te côtoyer, je t'ai vu grandir et tu t'es révélée. Tu as commencé à découvrir une petite fraction de ta vraie nature, de la vraie Agathe Pule. Mais tes démons t'ont rattrapée et tu n'as pas été assez forte pour t'imposer. Tu as repris tes anciens schémas, ceux que tu connais et qui te rassurent, alors qu'ils sont mauvais pour toi, et tu t'es éloignée de ta cabane et donc de toi.

Mais je dois te dire une chose : ce que tu as senti, décelé ou même aperçu dans la nature était vrai !

Si tu le vois, que tu le ressens, que tu le perçois : c'est la vérité.

Ne tente pas de tout analyser, de tout ranger dans des cases. Laisse simplement venir à toi et apprécie ce qu'il en est comme il doit en être. Ni plus ni moins.

Ne cherche pas de mots, n'essaie pas d'en parler aux autres pour les convaincre que ce que tu as vu est vrai. Tu perds ton temps et tu l'auras compris en me voyant allongé sur ce lit : la vie est courte !

Maintenant, passons à la partie matérielle :

À côté des lettres, il y a un cahier d'écolier. Il est pour toi.

Il appartenait à Dédé, celui qui possédait la cabane avant toi. Je me suis permis de le prendre lorsque nous avons fait le tri ensemble, car je savais que tu l'aurais jeté à la poubelle. À ce moment-là, tu n'étais pas prête. À présent, tu peux enfin découvrir ton "jardin", comme tu l'appelles.

Grâce aux écrits de Dédé, tu vas voir pour la première fois ce qui t'entoure.

Autre chose : le molosse qui ne cesse d'aboyer dans le salon c'est Toga, un jeune mâle qui est dressé pour tenir la garde près de ton poulailler. C'est ton chien.

Jette-moi ces machines de tortures pour renard et laisse la nature s'équilibrer d'elle-même.

Je pense en avoir terminé avec toi.

Tu es sur la bonne voie, gamine, et ne laisse personne te faire croire le contraire.

Tu sais ce qu'il faut faire et ce que tu ignores, la nature te le montrera.

Si tu ne crois pas en toi, aie confiance en ton "jardin", il était là avant nous et le sera encore après. Le véritable sage, c'est lui, alors écoute-le.

Affectueusement,

Tonton Kuku

Ps : Une fois que tu auras fini de déverser tes litres de larmes, tu me fais un bisou et tu descends au salon. Je veux qu'avec les autres, vous entamiez la véritable veillée en racontant vos plus mémorables souvenirs !

Je veux que vos fous rires me réveillent !

Visiblement, Nala a reçu la même directive que moi.

On essuie nos larmes, on pose un baiser sur la joue froide et rugueuse de notre sage. À ce moment, j'ai l'impression qu'il sourit. Et si je le ressens, alors c'est vrai !

Nous descendons les marches qui nous mènent au salon et entamons comme il se doit une veillée en l'honneur de tonton Kuku.

Je suis persuadée que le hameau voisin a entendu nos fous rires incontrôlables qui se sont élevés de la maison une bonne partie de la nuit.

Mais malgré cela, tonton Kuku ne s'est pas réveillé et j'ai dû lui dire adieu en m'accrochant à nos souvenirs, à sa lettre, au cahier de Dédé et à Toga qui est bien sûr reparti avec moi dans ma maison, mon chez-moi, ma cabane et mon jardin.

Chapitre 17

Plusieurs saisons se sont écoulées depuis le départ de tonton Kuku et tant de choses ont changé.

Je le constate lorsque je sens mon cahier d'écolier s'échapper de ma sacoche pour tomber dans mes épinards. Lorsque je veux le ramasser, je m'aperçois qu'il s'est ouvert à la première page. Je me rends compte qu'à l'époque, je n'y avais pas vraiment prêté attention tant les autres pages m'avaient happée dans ma nouvelle vie.

Je m'échoue à mon tour, au milieu de mon potager, fesses posées sur ma rangée d'épinards, et redécouvre avec délices les belles lettres calligraphiées de Dédé.

Au milieu de la page de garde trône le titre :

"Le cahier de papa."

En dessous, quelques lignes résument les volontés de Dédé :

Mes très chers petits,

Je comprends votre distance vis-à-vis de ma façon de vivre, mais j'ai espoir qu'un jour, une petite voix vous guide jusqu'à ma cabane et que, poussés par la curiosité, vous vous décidiez à vivre pour de bon.

Afin de vous éviter les déconvenues que j'ai pu avoir tout le long de mon existence, je vous lègue mon expérience, car après tout, il me semble que c'est le seul bien de valeur qu'un humain puisse transmettre à ses petits.

Alors, voici pour vous le Cahier de la vie, la vraie, mes petits.

Tendrement, votre papa qui vous a toujours porté dans son pauvre cœur.

Je suis prise par l'émotion et ne retiens pas mes larmes.

C'est une des choses que j'ai apprises récemment : laisser aller ses émotions, car, étant souvent seule, je n'ai à me cacher de personne et puis je me suis aperçue qu'en agissant de la sorte, elles passent beaucoup plus vite et ne pèsent pas au fond de moi.

Je me rappelle très bien la colère que j'avais ressentie lorsque j'avais découvert les mots de ce père esseulé.

J'étais orpheline de tonton Kuku et je ne comprenais pas l'attitude des enfants de Dédé. Car si, moi, une parfaite inconnue se retrouvait avec l'héritage de Dédé dans les mains, c'était bien la preuve que cette progéniture ingrate et égoïste avait abandonné son père. Je les avais sévèrement jugés.

Et puis, la vie m'a enseigné, à sa manière ni vraiment douce ni complètement dure… bref, j'ai appris.

Au début, j'ai tourné ces pages un peu par obligation envers ce pauvre Dédé, mais aussi à l'égard de Kuku qui me les avait léguées, mais je dois avouer que c'était surtout à cause de la culpabilité que je ressentais.

Kuku m'avait dit avoir sauvé in extremis l'objet qui gisait dans le capharnaüm qui constituait les biens de Dédé. Il avait agi au moment où j'en étais devenue la seule et unique propriétaire et que je bazardais tout à la poubelle.

Rapidement, j'avais compris que les rejetons sans cœur n'y avaient même pas jeté un œil, faisant tomber ainsi dans l'oubli la vie entière d'un pauvre bougre.

En le récupérant, tonton Kuku m'avait dispensé sa dernière leçon : moi aussi j'avais eu accès à ce cahier, et, tout comme les héritiers, j'avais décidé de le condamner à l'oubli.

Le message de Kuku m'avait apparu limpide à ce moment-ci : "Ne juge pas les autres, car souvent tu agiras de même".

Mais rapidement, je me suis prise de passion pour ce petit trésor de 96 pages.

Mon premier choc avait été de constater que le "potager" ne se résumait pas au pauvre lopin de terre que je m'étais évertuée à retourner année après année en relevant que l'appauvrissement de mes récoltes s'accroissait au fil des saisons, mais qu'il était un peu partout… et c'est peu de le dire : mon potager s'étendait sur des kilomètres !

Dédé était un planteur compulsif !

Son tout premier conseil, écrit en majuscules et souligné en rouge, est : "*NE RETOURNE JAMAIS LA TERRE* ".

Tout son cahier ne s'adressait qu'à une seule personne.

Au début, je m'étais dit que le vieil homme avait eu l'esprit de comprendre que, si déjà un seul de ses enfants avait mis le nez dedans, toutes ses attentes de père auraient été comblées. Mais c'est moi, une illustre inconnue qui s'était immiscée ainsi dans l'intimité de ce papa sans enfants.

Mon sentiment d'intruse voyeuse s'était évaporé au fil des pages et, assez vite j'avais eu l'impression que Dédé m'avait écrit et que cet ouvrage m'était destiné.

Lorsque j'avais découvert son premier "commandement" (ne retourne pas la terre), je m'étais mise à rougir.

Moi qui avais été jusqu'à louer une machine de la mort pour "préparer" ma terre, sur les conseils de Matias, me retrouvais grondée comme une gamine prise en défaut.

Rapidement, j'avais compris que les conseils que Matias m'avait imposés comme étant les seules et uniques possibilités étaient aux antipodes des avis éclairés de Dédé.

Dans ces 96 pages, je n'ai jamais eu le sentiment d'être ignare comme lorsque Matias me prenait de haut quand je lui parlais de mes soucis de récolte.

Dédé disait vrai sur sa première page : il avait uniquement écrit son expérience… mais quelle richesse !

Son mot d'ordre était : *l'autonomie.*

Il a passé sa vie à mixer toutes les options possibles pour parvenir à un jardin à l'image de la nature, c'est-à-dire interconnecté.

J'ai eu la sensation de voir mon jardin pour la première fois en découvrant que le potager était dessiné en lignes et non aligné en planches. Ainsi, le langage "*ligne A, B ou C*" est devenu une évidence.

Dédé partait du principe qu'il fallait mélanger les plantes entre elles pour qu'elles s'entraident, s'apportent et se protègent.

De cette façon, les pommes de terre cohabitaient dans la même ligne que les petits pois, les poireaux ou encore les haricots, alors que leurs semis, plantations ou récoltes n'avaient pas lieu en même temps.

De temps à autre, je pouvais lire en marge des remarques du genre " Fursythia : n'apporte rien aux animaux, car il n'y a pas de pollen ni de nectar. "

Moi qui adorais ces fleurs jaunes, j'avais été déçue de savoir que mes efforts acharnés à maintenir ces plantes en vie n'avaient servi qu'à me faire plaisir.

A contrario, Dédé ne tarissait pas d'éloges pour les cornouillers mâles, les prunelliers, les saules ainsi que les aubépines, tant ils étaient bons pour les pollinisateurs, mais également pour les animaux.

Il m'a confirmé que le meilleur pesticide contre les pucerons était les coccinelles et que, si nos amis à points noirs ne suffisaient pas, c'était que l'humain avait fait des erreurs.

Souvent, il écrivait : *la nature sait. Regarde-la vraiment et toi aussi tu sauras.*

J'ai mis des années à réussir à voir à travers les lunettes de Dédé.

Il m'a fallu des heures et des heures d'observation pour constater que tout ce qu'il avait rédigé était véridique.

J'ai jeté mes pesticides chimiques et mes engrais et j'ai fait confiance à dame nature pour arroser mes plants comme il le fallait.

J'ai remisé mes bêches et tout ce qui servait à éventrer la terre pour laisser le monde souterrain amener aux racines de mes fruits et légumes le nécessaire pour qu'ils puissent se développer.

Dédé avait compris que toutes les plantes ne pouvaient pas donner ou encore vivre, mais même ainsi, elles servaient la cause en fertilisant le sol de leurs dépouilles pour que les prochaines puissent puiser un peu des forces de leur ancêtre.

Dans son petit cahier, dès qu'il découvrait une plante inconnue, Dédé la dessinait avec des aquarelles pastel en inscrivant le plus de détails possible. Il cherchait son nom, d'où elle venait, si elle était utile aux abeilles, insectes ou animaux, si elle faisait des fruits et si ces derniers étaient comestibles et, souvent, il tentait de lui trouver un but médical en vérifiant sa toxicité.

Dédé tenait aussi un inventaire de tous les animaux et insectes vivant dans son " jardin".

Au fur et à mesure que je lisais ses pages, je courais vérifier ses dires.

Et quelle ne fut pas ma surprise de découvrir, aux pieds des épicéas qui étaient en nombre conséquent dans mon environnement, des fraises, des myrtilles, des airelles, du mesclun, du chou rave, des myosotis, des capucines et de la bruyère à profusion.

Tout ce petit monde cohabitait joyeusement dans cette zone racinaire acide.

J'ai également compris pourquoi je voyais systématiquement des framboisiers, des mûriers et bon nombre d'arbres fruitiers aux abords des épicéas : c'était Dédé qui les avait semés volontairement non loin de ces arbres résineux.

Il avait aussi repéré que les laitues, les radis ainsi que les soucis s'épanouissaient à merveille sous un pommier.

Il m'a aidé à reconnaître les types de sols :

Si présence de chicorée : sol dur et compact. Vipérine : sol pauvre. Renoncules : sol acide.

Ce que j'avais jadis pris pour des buttes naturelles était en fait le travail acharné de cet amoureux de la nature pour pouvoir planter des légumes.

Plus étonnant encore : Dédé avait dressé une liste des équipements indispensables pour partir en vadrouille.

Il préconisait de lester son sac de pas moins d'une vingtaine d'objets rien que pour la trousse de secours. En tant qu'ancienne secrétaire médicale, je n'ai pu que confirmer le bon sens de transporter des antiseptiques, des bandages, des ciseaux ainsi qu'un extracteur de venin parmi le nécessaire de survie.

Par contre, je n'aurais jamais pensé à prendre 2 couteaux (un de poche et un de survie) ainsi que des hameçons ou bien même une corde de 6 mètres et 2 autres de 3 mètres.

Dédé avait pensé à tout et lorsque je me rappelai que tous ces inventaires avaient été construits au fur et à mesure de ses expériences de vie, je ne voulais pas savoir ce qui l'avait poussé à se munir d'un matériel à suture !

Dans un registre plus doux, il avait recensé aussi les nuages :

Cumulus : beau temps. Attention si noirs et accumulation : pluie.

Stratus : neige et pluie.

Cirrus : très haut dans le ciel : beau temps.

Grâce à ce cahier, j'ai su que les plantes se déploient avant que la pluie ne tombe.

Les troupeaux se rassemblent et tournent le dos en direction de l'averse à venir, alors que les cerfs et chevreuils courent vers les basses terres pendant que les araignées cessent de tisser leurs toiles.

Un coup de vent brusque annonce un changement de temps alors qu'un beau ciel nocturne étoilé est signe de froid pour la prochaine journée.

Conséquence : cela fait des années que je ne regarde plus mon application météo.

J'ai mis plus de temps à bien assimiler le fonctionnement exact du potager fou.

J'avais bien intégré l'histoire des lignes, mais il m'a fallu toutes les lumières de Dédé pour comprendre qu'il ne fallait pas faire A puis B et enfin C l'un à côté de l'autre bêtement.

Dédé préconisait plutôt le schéma suivant :

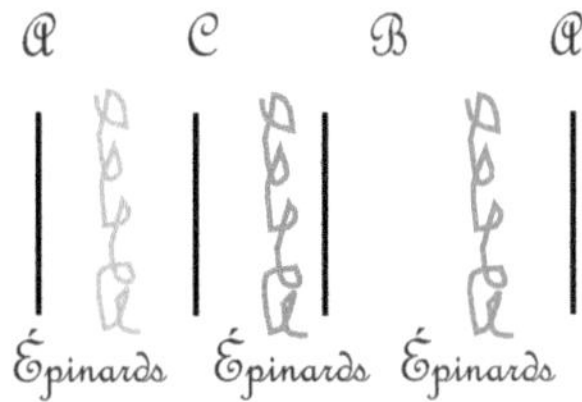

A (plan d'épinards) puis C (plan d'épinards) puis B (plan d'épinard) C(plan d'épinard) A(plan d'épinard) C(plan d'épinard) B (plan d'épinard) A etc...

Ma première réflexion avait été de dire :

— Ça fait beaucoup d'épinards !

Mais Dédé m'a rapidement rassuré, car, même si cette plante contient de nombreuses qualités nutritionnelles, il n'en prenait qu'une petite quantité pour la consommation.

Les lignes d'épinards étaient ni plus ni moins les passe-pieds, c'est-à-dire les endroits sur lesquels il se déplaçait pour aller d'un bout à l'autre de ses allées. Mais surtout, ils servaient à préparer la terre, car l'année suivante, Dédé décalait toutes ses lignes d'une rangée.

Au fur et à mesure des pages, j'ai compris que les plantes en terre dans les lignes A étaient les plus volumineuses à l'image des aubergines, des choux de Bruxelles ou encore du basilic et qu'elles restaient en terre un long moment, tandis que la ligne B abritait des plantes intermédiaires, comme les courgettes, les poireaux ou les haricots.

Quant à la ligne C, elle contenait de l'aneth, des betteraves ou de la coriandre : uniquement des plantes qui ne font pas d'ombre.

En reproduisant scrupuleusement ces schémas, je n'ai pu que constater que les plantes poussaient sans jamais se gêner ni se concurrencer. Elles faisaient même mieux que ça : mêlées ainsi, elles se protégeaient et étaient moins sensibles aux attaques des ravageurs ou des maladies.

Depuis, à chaque début mars, je démarre un nouveau potager.

Je fais place nette, trace mes nouvelles lignes, sème généreusement mes "épinards passe-pied" et entame mes premières plantations ou semis.

Ce rythme peut durer jusqu'en octobre avec les topinambours que je plante en dernier.

Étant devenue moi aussi planteuse compulsive, je me suis très rapidement retrouvée avec des tonnes de récoltes sur les bras, mais Dédé avait pensé à tout.

En plus de ses inventaires et de ses multiples conseils potagers, le cahier regorge de recettes de confitures et d'astuces pour mettre en bocaux le plus de récoltes possible, mais même ainsi, j'ai tout de même un étal au marché qui déborde de fruits, légumes et confitures maison.

En été, je vends des tomates, des courgettes, des concombres, mais également des haricots et des poirées.

En hiver, mon stand abonde de poireaux, des courges, de carottes et betteraves sans oublier les panais et les topinambours.

C'est à cette période que je fabrique mes confitures de physalis. Cette pépite m'a valu la sympathie du placeur qui ne manque pas de me signifier lorsque son pot est pratiquement vide.

Je peux me vanter d'avoir graissé la patte à l'homme le plus implacable de la région !

Le mois de mai au marché annonce la venue des cerises, des groseilles, mais aussi des cassis, fraises et framboises. Rapidement, les abricots arrivent suivis de près par les poires, prunes et raisins. Enfin, je termine la saison des fruits avec mes pommes et pêches.

En fonction des mois, je parsème mon étalage de romarin, de thym, de sauge, de basilic, de persil, d'aneth et d'estragon.

Je suis devenu une figure incontournable du marché, ce qui a passablement agacé Matias.

Un matin, alors que j'allais donner mon pot-de-vin sucré au placeur, je me suis rendu compte que Matias n'était plus à côté de mon stand.

— Ah celui-là, qu'est pénible ! Ça fait des mois qu'il me serine pour que je te change de place. Il m'a tant fatigué que j'ai fini par le changer de place en lui disant que c'était le plus gêné qui s'en va !

Le vieil homme m'a fait un clin d'œil et est reparti houspiller d'autres marchands bien moins chanceux que moi.

Je dois beaucoup à Dédé, cet homme que je n'ai jamais connu, mais que j'ai l'impression d'avoir à mes côtés depuis toutes ces années. Car oui, le temps a filé et j'ai dû travailler dur pour redonner sa splendeur au jardin de Dédé.

Assise sur mes épinards au milieu d'une ligne B et A, je me rends compte qu'il vient de s'écouler plus de vingt ans depuis le jour où Kuku m'a mis ce cahier entre les mains.

J'ai 74 ans et je n'ai rien vu passer.

J'ai l'impression que ces deux chiffres appartiennent à une autre, à une vieille femme qui commencerait à se sentir affaiblie, peut-être même un peu dépendante des autres, alors que je ne me suis jamais sentie aussi forte et autonome.

Grâce à mon jardin, j'entretiens non seulement mon corps, mais surtout mon esprit.

Le contact prolongé de la nature m'a permis d'être à l'écoute de tout : de la végétation, de la météo, des animaux et insectes et également de mon propre corps et de mes besoins.

Le rythme de mon environnement me convient et je ne me sens plus pressée. Je sais à présent qu'il y a un temps pour tout et quatre saisons par an, le reste n'est que l'invention des humains. Le reste n'existe pas.

Je garde tout de même le lien avec mes proches.
Ainsi, Nala, qui a fréquenté un Argentin à distance pendant plusieurs années, s'est enfin décidée à le rejoindre lorsqu'elle a appris qu'elle était enceinte à 42 ans.
Depuis qu'elle vit là-bas, elle ne communique plus que par lettre et j'aime ça.
Grâce au papier, je peux prendre le temps d'analyser chaque mot, de l'imaginer me les dire et je sens à travers l'encre que mon amie est heureuse, qu'elle vit la vie qu'elle a toujours voulue et cette certitude me remplit de joie.

Mon petit Cariel est devenu papa à l'âge de 35 ans.

Je suis passée au grade de grand-mère à 55 ans. Lorsqu'il m'avait annoncé que Delphine était en route pour la maternité, j'avais sauté dans mon 4X4 recouvert de boue et je m'étais précipitée dans mon ancienne ville.

J'ai eu le choc de ma vie.

J'avais oublié tout ce bruit, sans parler de ces odeurs qui me prenaient à la gorge et tant de stress ! Les gens couraient dans tous les sens sans aucune raison apparente. Lorsque je l'avais dit à Cariel, il m'avait répandu avec un petit sourire :

— Maman, tu as été comme ça, tu as été comme nous.

Mais mon plus gros choc a été de voir mon fils, mon enfant, avoir un enfant.

Alors que j'allais à la clinique, je me souviens m'être dit "mon bébé attend un bébé !", mais lorsque j'avais franchi la porte de la chambre, j'avais vu une femme et un homme assis sur un lit d'hôpital tenant dans leur bras un nourrisson.

Le bébé était si chétif dans les robustes bras de mon fils.

Ses petites joues dodues se frottaient au large torse d'un homme qui avait déjà endossé le rôle du père protecteur.

Mon fils était un papa et je le perdais encore un peu.

Je sais qu'il a instantanément éprouvé cet amour incommensurable qui nous submerge dès les premières secondes de la vie de notre enfant.

Je suis sûre qu'à présent il me comprend, mais ce qu'il ignore c'est que l'amour qu'il ressent et ressentira toute sa vie pour ce petit être ne sera jamais aussi réciproque.

Bien sûr son enfant l'aimera, mais jamais autant que lui, c'est normal, c'est naturel… mais ça fait mal.

Ce jour-là, dans cette chambre d'hôpital, j'ai ravalé ma tristesse de maman et parce que j'aime Cariel plus que tout, j'ai partagé avec lui son nouveau bonheur en mettant de côté ma douleur.

Je ne suis pas restée longtemps, prétextant une grande fatigue.

Depuis, j'ai plus souvent vu mon petit fils en photo et en vidéo qu'en vrai.

Au début, lorsque je leur proposais de venir, Cariel disait que ce n'était pas assez sécurisé pour un bébé, puis j'ai cessé de le leur demander, trouvant que mon fils avait de plus en plus de mal à évincer mes sollicitations en restant aimable.

Et je ne leur en ai pas voulu, car si je souhaitais vraiment les voir, je n'avais qu'à y aller !

Je l'ai fait au début, mais je me sentais tellement en décalage.

Dès que j'essayais d'aider, je le faisais maladroitement, j'ai pourtant tenté d'éviter les fameuses phrases " Tu sais, moi, quand tu étais petit, je faisais comme ça… "

Mais j'étais dépitée de découvrir le rythme fou qui était imposé au bébé.

Chaque mois, il devait manger tels fruits, tels légumes, boire tant de lait… à trois mois, il devait déjà se caler au rythme de la crèche.

Lorsque j'entendais dire que le bébé faisait un caprice à six mois, ça me rendait folle, j'avais envie de dire "Il tente juste de répondre à un besoin naturel !".

Mais même en me retenant, je sentais bien que mes "excentricités" n'étaient pas du goût de ma belle-fille et de mon fils.

Alors, j'ai espacé mes visites et me suis contentée d'être une grand-mère que l'on ne voit qu'à travers un smart phone.

J'admets que cela me crève encore le cœur de ne pas avoir réussi à garder le lien avec mon fils et de ne pas avoir pu en créer un avec mon petit fils.

Dès lors, quand ces sentiments sont trop lourds, je pars en vadrouille comme me l'a appris Dédé et je m'évanouis dans la nature pendant des jours entiers. Je laisse à la cabane mon téléphone ainsi que toute forme de civilisation.

J'en reviens renouvelée et apaisée.

Je tente de rester un peu au courant des informations, mais j'avoue que je n'ai pas retenu le nom du président actuel et que je ne parviens plus à comprendre les enjeux d'un vote de loi ou d'une manifestation. Inutile de préciser que je suis totalement perdue concernant les récentes avancées technologiques et les dernières modes.

Mes chiens viennent me tirer de mes pensées.

Lorsque Kuku m'a offert Toga, je me suis rendu compte qu'il se sentait seul, alors je lui ai donné une compagne.

Toga est mort de vieillesse à l'aube de ses 14 ans et sa compagne l'a suivi.

Ils m'ont laissé leur petite que j'ai nommée Ninda.

Elle a aujourd'hui 14 ans et écoule ses journées à se reposer quand sa fille, Mū, et son chéri passent leur temps à garder le poulailler et à courir dans mes rangées d'épinards.

Je ne pensais pas qu'en adoptant mon Toga j'allais être le témoin d'une partie de sa descendance et cela me plaît, car j'ai beaucoup de peine à les voir partir, alors que moi je suis encore là.

Il en va de même pour mes poules, je n'ai jamais pu les abattre ou même les donner.

Lorsqu'elles ne fournissent plus d'œufs, je leur amène une ou deux nouvelles copines et laisse les vieilles vivre leur vie paisiblement.

Alors que je me relève, j'entends au loin mon smartphone sonner.

Ses cris stridents fendent l'air et font taire les chants des oiseaux.

Je ne me presse pas, je rappellerai.

Je passe au poulailler afin de m'assurer que tout le monde va bien et redescends en direction de ma cabane escortée de mes deux chiens.

Une fois dans ma cuisine, je range mes légumes fraîchement récoltés, lave deux bocaux et donne des friandises à mes chiens. Au coin de mon lit, Ninda me réclame une caresse.

Ce n'est qu'à ce moment-là que je me rappelle que mon téléphone a exigé que je prenne un appel il y a quelques heures de cela.

Je déverrouille et découvre un appel manqué de Cariel, il a laissé un vocal :

— Pfeu, pas fichu de répondre ! Maman, c'est moi ! Je ne sais même pas si tu écoutes encore ta messagerie, mais je tente quand même. Voilà, j'ai une mauvaise nouvelle : papa a fait une crise cardiaque, il est mort.

Aussitôt, la voix robotique me demande si je veux réécouter, rappeler ou… je ne sais plus, je n'entends plus rien.

Paco est mort, c'est impossible, on a le même âge !

C'est la première fois qu'un proche du même âge que moi décède et ça me fait un choc.

Bien sûr, je suis triste que Paco soit mort et que Cariel se retrouve sans père, mais je ne peux m'empêcher de penser à moi, à ma propre mort.

Que se passera-t-il si je fais, moi aussi, une crise cardiaque ?

Combien de temps me reste-t-il à vivre ?

Et puis, je ne veux pas mourir, j'ai encore tant de choses à faire, à voir !

Je me rends compte que ces dernières années m'ont apaisée sur de nombreux aspects, mais pas sur celui-là.

Je ne suis toujours pas à l'aise avec cette dure réalité.

J'aimerais tant avoir la sagesse de Kuku et la bonté de Dédé, mais je n'y arrive pas et l'idée qu'un jour tout va s'arrêter m'angoisse, me perturbe et me déplaît.

Face à cet état, une seule évidence s'impose à moi : il faut que je parte en vadrouille… aussi longtemps que nécessaire.

Chapitre 18

Le soleil va se lever.

J'ai appris à aimer toutes les saisons : l'été festif de ses longues journées ensoleillées qui semblent ne jamais cesser, l'automne flamboyant une dernière fois avant l'hiver calme, serein, riche de son énergie latente… mais depuis toujours, ma préférence va au printemps, à la renaissance.

Je peux ressentir au plus profond de moi cette montée de sève, de vigueur et de vitalité qui part des entrailles de la Terre pour éclater un beau jour aux yeux de tous.

Au même titre que si j'admire volontiers un somptueux coucher de soleil, à mes yeux, rien ne peut égaler le renouveau d'un lever.

Comment rester de marbre lorsque l'on sent que la nuit s'échappe sur la pointe des pieds, car elle sait que le soleil va nimber de ses doux rayons les êtres encore endormis de cette planète ?

Impossible de ne pas ressentir au creux du ventre la sérénité de cet instant de grâce qui pourtant se produit chaque matin depuis des millénaires, comme si ce miracle était normal.

Cela fait des années à présent que je me lève bien avant le soleil pour l'accueillir comme il se doit et le remercier en silence.

Le silence… Ce mot qui est inscrit dans notre langue d'humain n'existe pas dans la vraie vie, rien n'est jamais silencieux.

La nature est sonore lorsque l'on sait l'écouter et elle peut même être assourdissante, surtout au printemps.

Depuis l'annonce de la mort de Paco, ma vie a pris un nouveau tournant, encore.

Juste après les obsèques, j'ai demandé à ma voisine de prendre soin de mes poules, ainsi que ma vieille Ninda, et je suis partie, accompagnée de mes deux chiens, avec mon sac à dos rempli de nécessaire de survie.

Je pense être restée quelques semaines dans la nature loin de tout, puis je suis rentrée lorsque mon paquetage fut totalement vide.

J'ai récupéré mes poules et ma chienne, mais le cœur n'y était pas. Même Mū et son chéri gémissaient à longueur de temps, car l'appel de la nature les assaillait.

Je me suis beaucoup renseignée pour savoir comment survivre dans la nature avec le strict minimum et j'ai refait un paquetage en apportant quelques différences, notamment du coton pour filtrer l'eau ou pour allumer un feu plus rapidement en cas de mauvais temps.

Je me suis entraînée, aussi, à faire un vrai feu de camp en étoile avec en son centre des feuilles mortes de fougères ou des amadous.

Un autre tuto m'a permis de savoir faire des cordes avec des branches de tilleul ou de chêne. J'ai appris à choisir le bon nœud ainsi qu'à réaliser de solides brêlages.

Pour la nourriture, je me suis initiée pendant un long moment aux subtilités de la pêche, et j'ai recensé tous les fruits, légumes et baies sauvages que je pouvais glaner auprès de Dame Nature.

Je fus plus qu'étonnée de constater que je pouvais vivre correctement sans ma confortable cabane et mon généreux potager.

Une fois que je me suis sentie prête, mes chiens l'ont flairé, car Mū et son chéri n'ont cessé de me harceler et surtout ma tendre Ninda s'en est allée.

Je me suis décidée à donner pour de bon mes vieilles cocottes à une voisine qui me promit de leur laisser une douce et paisible retraite.

Plus rien ne me retenait, alors je suis partie pour la plus grande vadrouille de ma vie.

Combien de temps dura-t-elle ?

Aucune idée, des années avec certitude. Mais combien ?

Mystère !

La notion du temps m'échappa totalement et seuls les cycles diurnes et nocturnes ainsi que les changements de saisons me faisaient dire que le temps avançait, mais moi, j'étais comme figée dans cette folle course.

Spectatrice, je me suis contentée d'aller au gré de nos envies, à moi et aux chiens, car souvent c'était eux qui décidaient du chemin.

Sans le vouloir, j'avais installé une sorte de routine, car chaque matin, je me levais avant le soleil et j'attendais, lovée dans ma couverture, que l'astre m'honore de sa présence. Ensuite, j'allais au cours d'eau le plus proche pour y pêcher mon premier repas de la journée. Si j'étais chanceuse, je maintenais mon feu en étoile et j'y faisais cuire ma pêche du jour, sinon je sortais de mon sac des baies cueillies la veille et me régalais avec une infusion de plantes que je prélevais au fur et à mesure de mes marches. Dans la journée, nous avions le choix : soit nous démontions notre camp de fortune et nous marchions jusqu'à notre nouveau point de chute, soit nous restions là le temps que nous le voulions.

Les chiens batifolaient dans l'eau ou dans la forêt, et moi, je les regardais, j'écoutais le tumulte de la nature, le chant des oiseaux, le bruissement des petits animaux, qui se faufilaient à travers les massifs, effrayant au passage mes deux molosses qui ne pensaient qu'à jouer.

Le soir, je faisais un nouveau feu et je mangeais ce que les environs avaient bien voulu me donner.

Et c'est en observant les étoiles et les volutes de fumée de mon feu de camp que je partais dans le pays des rêves.

Un jour, Mū ne se réveilla pas et son compagnon ne tarda pas à la suivre.

Je me retrouvai seule.

Pourtant, cette solitude ne me pesa guère, car, même si la nature se voulait discrète, je percevais qu'elle était là, bien présente, et qu'elle m'étudiait depuis longtemps.

Sans mes chiens, mes déplacements étaient plus calmes.

Ainsi, petit à petit, la sensation d'être invitée dans ce monde naturel s'estompa, et je sentis pleinement que la nature m'intégrait à elle.

Un matin, alors que je me baignais dans un cours d'eau, j'eus le choc de ma vie : il était sur la rive face à moi.

Il me fixait de son regard doux et rassurant. Je le reconnus immédiatement à sa patte folle : c'était mon renard, celui que j'avais sauvé du piège il y a de cela plusieurs années en arrière.

En une fraction de seconde, je m'étais ravisée : c'était tout bonnement impossible que cet animal roux soit encore en vie.

J'avais lu que, dans la nature, un renard vit entre 2 et 6 ans, tandis qu'un renard domestiqué peut atteindre 14 ans.

Or, ma première rencontre avec lui datait, avec certitude, de plus de vingt ans !

Pourtant, aucun doute, c'était lui.

J'avais tenté de m'approcher, mais il avait déguerpi à toute vitesse.

J'avoue qu'à ce moment précis, j'ai eu peur pour ma santé mentale.

Cette vision rousse a eu le don de faire resurgir l'épisode de l'hôpital, lorsque Matias m'avait retrouvée à moitié morte dans ma cabane. Le regard affolé de Cariel ne me quittait plus.

Ma décision était prise : je devais rentrer, car, sans mes chiens, je perdais pied et j'allais au-devant de graves dangers, ne serait-ce que les prédateurs ou même une mauvaise chute.

Déterminée, j'avais acté que c'était ma dernière journée en ermite : dès le lendemain, je plierai bagage et je retournerai sagement vers ma cabane.

Je ne sais pourquoi, mais ce jour-là, je le passai à chercher de quoi faire des maracas et un tambour.

J'avais envie que ma dernière soirée avec Dame Nature soit festive. Et quoi de mieux que la musique pour emplir de joie les cœurs lourds ?

Lorsque la nuit tomba, j'étais prête : mon feu étincelait comme rarement, et assise devant, je me mis à agiter timidement mes maracas au rythme des sons de la nature.

Hypnotisée par la danse des flammes, j'ai délaissé mes bouts de bois pour m'emparer de mon tambour de fortune et frappé doucement, imitant les battements d'un cœur.

Consciente d'être seule, j'ai laissé mes impulsions prendre le dessus. Rapidement, je me suis retrouvée à chanter en dansant et en battant le tambour à une cadence folle.

J'avais besoin d'extérioriser toute la rage, la puissance, la haine et la peur qui se tapissaient en moi depuis bien trop longtemps.

C'est à bout de force que je m'étais jetée à terre.

Hilare, j'avais senti la terre meuble sous mon crâne, mon dos, mes fesses et mes jambes.

Je ne savais plus si c'était les battements de mon cœur qui cognaient tant ou la Terre qui pulsait sous moi.

J'avais eu l'impression de fusionner avec la nature et que nos cœurs battaient à l'unisson.

En nage, je m'étais redressée, car je me sentais épiée.

Ça me paraissait peu probable, car cela faisait des années que je n'avais plus croisé un être humain, mais je n'avais pas pu m'empêcher de vérifier.

Mon intuition était justifiée : le renard était là, à quelques mètres de moi. Il me dévisageait.

Contrairement à notre rencontre matinale, je ne m'étais pas sentie perdre pied et je n'avais pas ressenti l'envie d'aller vers lui.

Alors que je peinais à reprendre mon souffle, je m'étais mise à le fixer.

Jamais de ma vie je n'avais vu un renard aussi beau, aussi gracieux, et, malgré sa patte folle, il se dégageait de lui une force unique.

Je n'avais pas prononcé un mot, c'était inutile : le dialogue était autre que verbal.

Pour la première fois de ma vie, j'eus la sensation de voir clair, de savoir ce que je voulais et qu'il fallait que j'agisse en ce sens.

Une certitude s'imprégna en moi : ma vie était en ces lieux et nulle part ailleurs. La peur avait disparu et j'ai su qu'aucun obstacle ne me ferait renoncer.

Cette nuit-là, j'ai compris que j'étais un élément de la nature, ni plus ni moins, et qu'au même titre que les arbres, les animaux, ou tout être vivant, j'y avais ma place.

Avant qu'il ne me quitte, je me souviens avoir pensé "Et si tout cela venait de moi ? Si c'était moi qui provoquais ces visions ? "

Alors, le renard m'avait regardé avec encore plus d'intensité et j'ai clairement entendu " Si tu le vois, que tu le ressens, que tu le perçois : c'est la vérité."

À partir de ce moment, je vis la nature différemment.

Je pensais la connaître par cœur, mais ce n'était pas elle qui avait changé, c'était ma façon de la parcourir.

Je ne le regardais plus spectatrice avec émerveillement, tel un miracle que je ne pouvais percer.

J'étais avec elle, elle était avec moi. Nous étions un tout et chaque bruit, chaque odeur qui émanait d'elle se vivait en moi.

Souvent, mes anciennes angoisses remontaient à la surface et par instant, j'ai eu peur.

Peur de me perdre et d'être happée par cette nature qui était devenue mon tout.

Peur aussi de mon instinct qui me poussait à faire des choses qui me semblaient privées de tous sens, alors que, finalement c'est lorsque j'agissais spontanément que tout prenait sens à mes yeux.

Jamais la nature ne m'a ensevelie, ne m'a malmenée ou même brutalisée.

Bien au contraire ! Elle m'a portée, elle m'a élevée et j'ai enfin pu trouver la femme que j'étais et qui était enfouie au plus profond de moi.

J'ai vécu intensément ce qu'est être une femme, au-delà des stéréotypes imposés par ma société, loin des talons aiguilles, des maquillages et des vêtements sexy et inconfortables.

Avec le recul, je pense même que ces accoutrements m'ont éloignée de ma féminité.

Être femme, c'est bien plus que de porter une lingerie fine, ou faire des soirées filles.

Être femme, c'est sentir cette force chaleureuse ancrée au fond de nous, sans tenir compte de notre tenue ou de l'attitude que nous avons.

Être femme, c'est fort, c'est puissant, c'est s'accepter telles que nous sommes et en être fières.

Être femme, c'est se sentir entière et à sa place.

Pendant ces années où j'ai été immergée dans la nature, j'ai pu me libérer de toutes les injonctions qui m'ont encadrée toute ma vie : "sois une femme accomplie professionnellement, mais aussi une mère exemplaire toujours disponible, sans oublier d'être une parfaite femme au foyer et surtout une épouse épanouie."

Toutes, je les ai laissées partir loin de moi. Elles ne font définitivement plus partie de moi.

À partir de ce moment-là, j'ai fait tout ce qui me passait par la tête : si je voulais danser dans l'eau, je le faisais, ou je chantais à tue-tête avec mon tambour sans me soucier de l'heure qu'il était. Je dormais lorsque je le souhaitais et je mangeais au gré de mes besoins.

J'ai totalement lâché prise et j'ai écouté mon corps et mon esprit.

J'ai aussi compris que je ne parviendrai jamais à faire fusionner les deux !

Pendant des années, j'ai eu la sensation de cohabiter avec mon corps, d'en être même une ennemie.

Ce dernier décidait de tomber malade quand je devais aller au travail, ou lorsque je devais prendre soin de ma famille et, le fourbe qu'il était, devenait faible au pire moment. Je pensais qu'il le faisait exprès, pour me nuire.

J'ai passé des années à tenter de le contrôler, de prendre le dessus, mais impossible.

Pendant mes années "cabane", nous avons trouvé une sorte d'arrangement : je prenais soin de lui en le nourrissant avec des aliments sains et en refusant le stress et l'angoisse, et, en échange, il ne me lâchait plus sans prévenir. Notre colocation était apaisée, mais je n'étais pas satisfaite à cent pour cent. Et il m'a fallu ces dernières années pour comprendre que je n'aurai jamais le dessus sur mon corps et qu'il avait sa volonté propre.

L'instinct sert à cela, il est le canal de communication entre le corps et l'esprit.

J'ai envie de danser sans savoir pourquoi ? Je le fais, car mon corps a besoin de ça, c'est aussi simple que cela… simple, mais pas facile à faire !

À présent, non seulement je sais regarder l'herbe pousser, mais en plus j'entends le bruit que ça fait.

Et puis, il y a quelques jours, j'ai eu le désir de retourner à ma cabane et je l'ai fait sans peur, car je savais qu'à présent, peu importe mon entourage, j'étais ancrée dans la nature et que ça ne changerait plus.

À l'approche de la baie vitrée, j'ai aperçu mon reflet.

Je ne me suis pas reconnue, j'étais devenue une vieille femme… une très vieille femme.

J'avais bien vu mes mains et mon corps flétrir, mais je ne m'étais jamais demandé à quoi je ressemblais.

Je me suis arrêtée devant la vitre et j'ai éclaté de rire. Je me suis trouvée belle.

Je suis rentrée dans ma cabane et le cahier d'écolier m'a attirée à lui, alors je me suis mise à la recherche d'un stylo.

Je l'ai ouvert aux derniers écrits de Dédé et j'ai couché, à mon tour, mon héritage sur le papier.

La dernière fois que j'avais vu Cariel, il était grand-père et il était veuf.

Ce moment de vie l'avait poussé dans ce retranchement et j'avais perçu dans son regard et son attitude qu'il avait enfin compris mes choix.

Il était passé par mes étapes de vie et il avait ressenti cet amour inconditionnel pour un enfant qui ne lui rendra jamais autant.

En quelque sorte, tout cela l'avait rapproché de moi et il m'avait confié son souhait de vivre dans la nature à son tour.

J'avais donc fini mes écrits avec ces mots : "Alors, ce cahier sera peut-être un jour pour toi, Cariel."

J'ai tiré le matelas jusqu'à ma terrasse.

Face à cette végétation que je devine dans la pénombre, je repense à ma vie : la petite fille introvertie, la jeune femme passionnément amoureuse, la mère éperdument éprise de son enfant et puis la femme esseulée.

Sans ce divorce, rien de tout cela ne serait arrivé. Moi qui avais toujours maudit cette période de ma vie, je me retrouve à présent à la chérir de toutes mes forces. Sans elle, je ne serais jamais partie pour vivre ici.

Sans elle, je ne me serais jamais rencontrée.

Une larme de joie coule sur mes joues creusées par une multitude de petits sillons profonds.

Alors que le jour n'est pas encore là, je commence à ressentir les crépitements de la vie sauvage qui s'éveille.

Le printemps arrive et c'est la plus belle des saisons.

Le soleil va se lever et moi, moi…

L'image de tonton Kuku s'impose à moi et voici que je résous le dernier mystère que je n'étais jamais parvenu a élucider. Je me suis toujours demandée comment cet homme avait fait pour être si ponctuel lors de son rendez-vous avec la mort. Il avait tout prévu, jusqu'à ma réaction !

Et à présent, je comprends : Kuku avait naturellement cette sagesse que j'ai mis une vie à acquérir.

Cet homme cohabitait déjà extrêmement bien avec son corps et, lorsque ce dernier lui a dit qu'il allait devoir s'arrêter là, Kuku l'avait entendu et accepté.

Je lève les yeux et découvre que mon renard se tient à quelques mètres de moi.

Je sais pourquoi il est là. Mon corps m'a parlé et je l'ai entendu.

Je n'ai pas peur, car je suis heureuse d'avoir vécu cette expérience.

Je sais que mon corps va cesser de fonctionner, mais mon esprit lui sera toujours dans ces lieux.

Avec la nature, nous ne faisons désormais plus qu'une.

Le printemps arrive, le soleil va se lever, le moment est parfait : je ferme les yeux.

Merci.

FIN

Pour la petite histoire

Une fois de plus, les prénoms de mes personnages n'ont pas été choisis au hasard.

Pour *Le Bruit de l'Herbe*, je me suis largement inspirée du langage proto-tangouse, une langue hypothétique qui constitue l'ancêtre commun des langues tungusiques. Ces dernières sont parlées principalement en Sibérie et dans certaines régions de Chine. Elles font partie de la famille des langues altaïques, bien que cette classification soit contestée par certains linguistes.

Les peuples parlant des langues tungusiques avaient de nombreuses pratiques chamaniques, telles que des rituels de guérison, des voyages spirituels et des pratiques de divination, souvent en lien avec la nature, les animaux et les éléments spirituels du monde. Ces pratiques étaient parfois accompagnées de chants, de danses et de tambours.

- **Toga** : feu
- **Mū** : eau
- **Kuku** : sein. Ici, j'ai voulu jouer sur les homophones « sain » et « saint », tout en associant ce personnage au sein nourricier maternel.
- **Nāla** : main, à l'image de la main tendue.
- **Ӟaӟa (Zaza Isabelle la secrétaire)** : porter
- **ŋinda-** : chien

En dehors du proto tangouse, il y a :

- **Cariel** : plusieurs origines, donc plusieurs significations possibles, dont « homme libre » ou « aimable ».

- **Paco** est le diminutif espagnol de **Francisco**, soit François en français. Ce prénom vient du latin **"francus"**, qui signifie « homme libre ».

- Et pour finir : Agathe qui signifie « bon » en grec. Elle porte le nom de famille **Pule**, qui signifie « racine » en proto-tangouse… ce qui donne donc « Bonne racine ».

Remerciements

Je tiens d'abord à remercier mon mari, pour la confiance qu'il me donne chaque jour et les possibilités qu'il m'offre pour que je puisse m'épanouir pleinement. Sa présence bienveillante et son soutien constant sont le socle discret mais essentiel de cette aventure.

Un immense merci aux femmes qui ont nourri ce livre de leur force, de leur vérité et de leur humanité.
À *mon* cercle de femmes : Aurore Delwick, Alexandra, Anna, Charlotte, Shiri, Pakâ. Merci les filles, d'avoir été si vraies, si bienveillantes, si puissantes. Vous êtes à jamais dans mon cœur.
Et à toutes les autres femmes de mon entourage — amies, membres de ma famille, clientes — qui, en partageant avec moi un bout de leur vie, m'ont permis de façonner Agathe, de lui donner une voix, une chair, une âme. Vous êtes trop nombreuses pour être toutes citées, mais je sais que vous vous reconnaîtrez dans les lignes du *Bruit de l'herbe*. Merci pour votre confiance.

Je remercie aussi ma famille, ainsi que mes fidèles lecteurs, lectrices, clients et clientes, pour leurs encouragements précieux qui m'aident à continuer, à avancer dans cette voie d'auteure, que je découvre avec passion.

Merci également à Roxanne, grâce à qui j'ai eu l'opportunité de parler de mes livres à la radio, lors d'une émission à Marseille. Cette mise en lumière a compté pour moi et je lui en suis reconnaissante.

Et enfin — encore et toujours — un immense merci à mes deux super correctrices : Marie-Hélène Pollet et Rachelle Miran. Si vous aimez la qualité de mes livres, sachez qu'elles en sont en grande partie responsables. Leur rigueur et leur regard affûté sont un vrai cadeau.

Édition : BoD · Books on Demand,

31 avenue Saint-Rémy, 57600 Forbach, bod@bod.fr

Impression : Libri Plureos GmbH,

Friedensallee 273, 22763 Hamburg (Allemagne)

Dépôt légal : Mai 2025

FSC
www.fsc.org
MIXTE
Papier issu
de sources
responsables
Paper from
responsible sources
FSC® C105338